MORTE NO OUTONO

Magdalen Nabb

MORTE NO OUTONO

São Paulo 2012

Death in Autumn
Copyright © 1984 Magdalen Nabb
c/o Guillermo Schavelzon & Asoc., Agencia Literaria
info@schavelzon.com
Copyright © 2012 by Novo Século Editora Ltda

Coordenadora Editorial	Leticia Teófilo
Capa	Adriano de Souza
Diagramação	S4 Editorial
Tradução	Sérgio Menezes
Preparação de Texto	Thiago Fraga
Revisão	Aline Naomi Sassaki

Texto de acordo com as normas do Novo Acordo Ortográfico da Língua Portuguesa (Decreto Legislativo nº 54, de 1995)

Dados Internacionais de Catalogação na Publicação (CIP)
(Câmara Brasileira do Livro, SP, Brasil)

Nabb, Magdalen, 1947-2007.
 Morte no outono / Magdalen Nabb ; [tradução Sérgio Menezes].
-- Osasco, SP : Novo Século Editora, 2012.
 Título original: Death in autumn.
 1. Ficção policial e de mistério (Literatura inglesa) I. Título.

11-05366 CDD-823.0872

Índices para catálogo sistemático:
1. Ficção policial e de mistério : Literatura inglesa 823.0872

2012
IMPRESSO NO BRASIL
PRINTED IN BRAZIL
DIREITOS CEDIDOS PARA ESTA EDIÇÃO À
NOVO SÉCULO EDITORA LTDA.
CEA – Centro Empresarial Araguaia II
Alameda Araguaia 2190 – 11º Andar
Bloco A – Conjunto 1101/1011
CEP 06455-000 – Alphaville – SP
Tel. (11) 2321-5080 – Fax (11) 2321-5099
www.novoseculo.com.br
atendimento@novoseculo.com.br

1

Ainda não havia amanhecido, e a água do rio que cercava o bote de borracha estava escura como o céu, exceto pela trilha móvel de luz de um holofote preso à embarcação. Uma lanterna piscou um breve sinal à esquerda e, quando o homem no bote respondeu, o caminhão estacionado na margem ficou visível por um instante e, então, desapareceu na escuridão novamente. Não fazia sentido tentar gritar mais alto que a represa. Ela rugia logo após a outra ponte, e o homem, no bote, continuou sua vigília sobre a água escura. As coisas não ficariam mais fáceis quando amanhecesse, pois a névoa densa que pairava sobre o rio levaria horas para se dispersar, mesmo se o sol fraco de outono aparecesse, e o nível da água ainda estava baixo, fazendo qualquer movimento agitar a lama. Havia luzes ao longo das pontes e do aterro; pontos amarelos e brancos, cercados por véus de névoa. À direita, o centro de Florença ainda estava envolto em sono e escuridão. Apesar disso, havia uma sensação de início de manhã, talvez por causa de alguns caminhões que haviam cruzado a ponte em direção ao mercado de flores, deixando a fumaça de seus escapamentos se misturar aos odores lamacentos do rio.

A superfície da água rompeu-se em dois pontos, separados por alguns metros, e duas formas negras balançaram-se em direção à trilha de luz, onde ficaram visíveis como duas cabeças envolvidas em borracha negra. Os mergulhadores subiram de mãos vazias pela quarta vez. Um deles ergueu a mão para fazer sinal negativo e então apontou para a ponte seguinte, rio abaixo. Os dois mergulhadores desapareceram de novo, e o homem no bote piscou outro sinal em direção à margem e deu partida no motor de popa. Era verdade que eles frequentemente emergiam ali, onde pequenas árvores e lixo, carregados do interior para a cidade, acumulavam-se sob o arco da esquerda. As luzes do caminhão se acenderam e começaram a se mover adiante, iluminando a trilha de cascalho sob o muro do aterro e acompanhando o bote. Ainda assim, se o corpo tivesse ultrapassado a represa, não haveria nada a fazer além de esperar três dias até que ele emergisse e fosse visto por algum passante, em uma das pequenas cidades pelas quais o Arno ondula em seu caminho rumo a Pisa.

A menos, é claro, que a coisa toda fosse uma piada doentia. Acontecia de vez em quando. Um dos mergulhadores, relutante em sair no escuro, havia dito isso e sugeriu que esperassem pela luz do dia, mas alguém que sabia de onde o chamado tinha vindo logo o advertiu:

— Eu gostaria de encontrar alguém que conseguisse passar a perna em Guarnaccia.

— Nunca ouvi falar dele.

— Ouviu agora. Comandante dos *carabinieri*, no Palazzo Pitti. Sulista, parece estúpido como um boi, mas você teria de acordar cedo para apanhá-lo cochilando.

— Bem, foi isso que alguém acabou de fazer, não foi?

E, na escuridão, empilharam o equipamento no caminhão, ainda resmungando.

Na verdade, não havia sido algum madrugador que alegou ter visto um corpo na água, mas dois jovens turistas que não tinham ido ainda para a cama. E o comandante, com seus grandes e ligeiramente protuberantes olhos vermelhos e inchados de sono, e sua pança mais evidente do que o usual, sob uma jaqueta semiabotoada, passou um mau pedaço com aquilo.

Em primeiro lugar, eles eram estrangeiros. Após um longo e abafado verão, lidando com câmeras perdidas, bolsas roubadas, crianças desaparecidas e carros quase desaparecidos – *todas essas ruas estreitas parecem iguais, mas o nome começa com um F ou talvez seja um G, uma rua com um arco de pedra e uma sapataria, ou pode ser que essa tenha sido onde estacionamos ontem* –, o comandante e seus homens já tinham aguentado o suficiente. Agora era quase outubro e os turistas ainda tocavam a campainha na Stazione Pitti no meio da noite.

– Tudo bem – disse o ainda sonolento comandante, sentando em sua escrivaninha –, traga-os.

E ele apanhou os passaportes que os dois rapazes de serviço lhe trouxeram. Suecos.

Eles entraram. Um jovem alto e barbado e uma garota. Quando passaram pela porta, o comandante pôde ver que as mochilas e sacos plásticos deles quase preenchiam a pequena sala de espera. Ele fez um gesto para que se sentassem, e o jovem disse algumas palavras incompreensíveis.

– Você sabe algo de italiano?

O rapaz olhou para sua namorada e ela pegou um livro de frases.

Depois de quase meia hora, o comandante desistiu e o *carabiniere*, sentado diante da máquina de escrever, levantou-se sem ter escrito uma palavra.

– O senhor vê como é, comandante – disse ele –, insistimos para que fossem até o Borgo Ognissanti, mas continuaram tocando a campainha e berrando coisas pelo interfone. Eles não entendiam uma palavra. Não queria acordá-lo; no entanto, o que eu podia fazer?

– Telefonarei, eu mesmo, para o Borgo Ognissanti – no quartel-general, sempre havia alguém que podia lidar com muitos idiomas. Ele os colocaria ao telefone para contar sua história e, se parecesse ser qualquer coisa séria, o capitão da companhia teria de ser acordado.

Ele discou o número, murmurando para si mesmo da maneira que havia feito por todo o verão: "Eu não sei por que eles vêm para cá, seria melhor se ficassem em casa...".

E era sério. Ou, pelo menos, parecia, se a história que contaram fosse verdade. Quando eles acabaram, o comandante entrou na linha de novo e a história foi repetida para ele em italiano. Depois disso, o tenente disse no outro lado:

– O senhor quer que eu chame o capitão?

O comandante hesitou um momento e então disse "sim" e desligou. Aos rapazes de serviço, ele disse:

– Um corpo no rio. O capitão está vindo – e completou: – Um de vocês faça um pouco de café. Vamos ficar a noite toda resolvendo isso.

Levaria mais do que uma noite para resolver. Caso se incluísse a morte de um homem que marcou o verdadeiro fim dessa história em Nova York, levaria quase dois anos.

– Que horas eram?

– Entre onze e meia e meia-noite, eu acho. A essa altura tínhamos desistido de procurar acomodações. Estava muito tarde para tocar campainhas, e não podemos mesmo pagar hotéis que têm porteiros noturnos. Sempre carregamos sacos de dormir para emergências, por isso não estávamos muito preocupados.

– Vocês nunca fazem reservas com antecipação?

– Esse não é o jeito como costumamos viajar. Ouvimos falar sobre um albergue na Via Santa Monica, mas estava lotado. Tentamos um ou dois outros lugares próximos e começamos a voltar em direção ao rio, achando que no centro encontraríamos um bar ou outra coisa que ficasse aberta até tarde. De fato, encontramos um antes de chegar ao rio, perto daqui, na Piazza Pitti. Ficamos até fechar.

– Entendo. Só um minuto... – o capitão parou de traduzir, para que um dos rapazes do comandante pudesse escrever o depoimento. O jovem *carabiniere* datilografava bem rápido, com dois dedos. A conversa havia sido em inglês, um pouco truncada em ambos os lados, mas adequada. Cada vez que o tamborilar da máquina parava, eles continuavam. O capitão estava com a barba por fazer e não muito satisfeito por ter saído da cama às 3 horas da madrugada. No entanto, embora não aprovasse estrangeiros vagando pelo país com mochilas e pouco dinheiro, estava impressionado com a seriedade e óbvia inteligência dos suecos, e mais ou menos inclinado a acreditar naquela história, embora tivesse acreditado inicialmente que estivessem apenas procurando um lugar quente para passar o resto da noite.

– Vocês decidiram dormir na rua?

– Naquela altura, isso foi necessário.

— E por que o Ponte Vecchio?

— Entre os jovens é um lugar popular para dormir.

Era verdade e, geralmente, eles acordavam tarde, de modo que, para atravessar a ponte pela manhã, a caminho do trabalho, os passantes tinham de fazê-lo entre sacos de dormir encardidos e amontoados.

— A que horas você viu o corpo?

— Quase de imediato, quando chegamos lá. Estávamos apoiados sobre o parapeito, no meio, onde não há lojas.

— Por quê?

— Por que *o quê?*

— Por que vocês estavam apoiados sobre o parapeito?

O rapaz pareceu surpreso.

— Olhando a vista, as luzes refletidas na água. É muito bonito.

— Não havia mais ninguém na ponte?

— Não, ninguém.

— Vocês ainda não me disseram que horas eram.

— Eu não olhei para o meu relógio, não pensei nisso, lamento. Mas, assim que tivemos certeza, viemos para cá imediatamente e acho que não deve ter sido uma caminhada de mais que cinco minutos. Então...

O capitão olhou para além do rapaz, para o comandante que estava em pé, observando os procedimentos com o rosto sem expressão.

— Três e vinte e sete quando eles chegaram aqui, senhor.

— Obrigado. Continue, por favor.

— Bem, a princípio não tivemos certeza do que era. Nós podíamos perceber apenas uma forma escura, sob a ponte e contra um dos arcos. Havia algumas rochas e ele batia contra elas levemente. Daí deve ter se soltado. De qualquer jeito, ele meio que rolou sobre si mesmo e começou a flutuar sob o arco e, assim, as luzes da ponte o deixaram mais visível. Estava sendo arrastado bem devagar, como se estivesse raspando no leito do rio, então imagino que a água era rasa ali. Vimos o rosto e os cabelos dele. Apenas por alguns segundos, porque em seguida ele flutuou para longe da luz, rolou de novo e afundou. Ou, pelo menos, nós achamos que afundou. Não podíamos mais vê-lo, mas é claro que pode ter sido apenas por causa da escuridão.

Mais uma vez eles pararam para que o capitão pudesse traduzir, e a máquina de escrever começou a estalar de novo. O outro homem do comandante trouxe mais café. Ter de conferir tudo duas vezes estava fazendo daquilo um longo trabalho.

– O que os fez vir até aqui?

– Quê? Bem, para relatar o que vimos, isto é...

– Mas por que aqui, para este posto? Vocês podiam ter ligado para o telefone de emergência da polícia, da cabine mais próxima.

– Entendo o que quer dizer, mas não, não podíamos. Não tínhamos créditos telefônicos, chegamos aqui hoje e, entenda, tínhamos visto este lugar mais cedo quando estivemos na Piazza. Estávamos dando uma olhada no Palazzo Pitti e vimos sua placa e a campainha, então naturalmente pensamos em voltar.

– Entendo. Pode me dar detalhes de seus movimentos durante todo o dia?

– O senhor não está pensando que temos algo a ver com isso, está?

– Eu não disse isso. Entretanto, preciso de um relato sobre seus movimentos. Se importariam de voltar para a sala de espera por um momento? Vocês podem organizar as ideias enquanto faço uma ligação.

Quando eles foram levados, o capitão olhou para o comandante e disse:

– O que o senhor acha?

Ao longo dos anos, ele havia aprendido que sempre valia a pena perguntar a opinião de Guarnaccia, mesmo que não conseguisse uma resposta por três dias. Dessa vez, ele não teve de esperar tanto.

– Acho que estão dizendo a verdade.

– Nesse caso, é melhor darmos ordem para que draguem o rio.

– Quer que eu ligue, senhor?

– Se você puder. Vou continuar traduzindo o depoimento – e o comandante telefonou.

Eles encontraram o corpo quando estava amanhecendo. Havia poucas pessoas, cerca de duas ou três tinham se juntado na ponte para observar quando os mergulhadores submergiram com uma corda e uns ganchos. Um grande turbilhão de lama veio à tona primeiro, depois os dois mergulhadores, e, então, uma flácida e lodosa forma, que mais parecia um animal de pelagem densa do que um ser humano. Mas, quando chegaram à margem e a içaram para a trilha de cascalho, ela rolou para o lado e um braço fino e branco se ressaltou.

– Cristo... – murmurou um dos mergulhadores, arrancando a máscara. – Parece suicídio, mas ela deve ter sido algum tipo de doida.

A mulher morta devia ter cinquenta anos, talvez. Usava uma porção de anéis, um grande bracelete e pesados brincos com pingentes – tudo coberto de lama. Entretanto, sob o casaco de pele encharcado, ela estava completamente nua.

2

— Você viu isto?
— Não no jornal, mas vi o relatório oficial.
— Que revelação... E pensar que aconteceu há tanto tempo e só veio à tona agora.
— Alguém foi esperto.
— Pode dizer isso de novo...

Os rapazes do comandante estavam todos curiosos, assim como o resto da cidade, ninguém nunca havia ouvido falar de um caso como aquele. O *Nazione* deu quase uma página inteira à história, com uma grande foto do infeliz joalheiro. Parecia que um homem havia visitado sua loja e pedido para ver um grande diamante, o qual ele queria que fosse montado em Florença para a esposa, em seu aniversário de casamento. Ele fez a escolha e disse que retornaria com a esposa em alguns dias para decidir a montagem. Quando voltou, acompanhado por uma mulher, manuseou a pedra por alguns segundos, na presença do joalheiro. O casal se decidiu e então saíram em direção ao banco para providenciar o pagamento. Nunca mais voltaram e, ontem, um cliente que conhecia pedras preciosas deu uma olhada no diamante e suspeitou que fosse falso. E era. O joalheiro, espantado, disse: "O homem só viu a pedra uma vez e ainda assim fez uma cópia perfeita e deve tê-la... trocado pela verdadeira bem debaixo do meu nariz. Ele era muito frio. É claro que temos seguro...".

A polícia tinha poucas esperanças de resolver o caso. Os rapazes do comandante, que quase nunca tinham de lidar com qualquer coisa mais excitante que bolsas roubadas e traficantes de drogas de segundo time, estavam fascinados. Nenhum deles tinha sequer passado os olhos pelas quatro linhas que contavam sobre um corpo retirado do rio, presumivelmente um suicídio.

O comandante as percebeu; mas, além de lamentar a perda de uma noite de sono, não pensou muito naquilo.

Já o capitão, no quartel-general, no Borgo Ognissanti, foi obrigado a pensar muito no assunto, embora também preferisse tentar resolver o roubo da joalheria, investigado pela polícia e pela Interpol. Com relutância, colocou o jornal de lado e voltou-se para uma fina pasta sem nome. Eles teriam de identificar a pobre mulher, mesmo que fosse apenas para enterrá-la, pois a burocracia envolvida em enterrar pessoas era considerável e uma mulher tinha de ser enterrada com o nome de solteira. Ele pôde imaginar aquele corpo jazendo em seu compartimento refrigerado por bastante tempo, depois de a autópsia ser concluída. Após pensar por alguns momentos, o capitão pegou o telefone e ligou para o *Nazione*. Havia um repórter com quem tinha um bom relacionamento e que poderia ajudá-lo.

– Sim?

– Galli? Capitão Maestrangelo falando. Preciso de sua ajuda.

– O que posso fazer pelo senhor?

– A mulher que pescamos no Arno, eu preciso identificá-la. Você poderia escrever algo um pouquinho mais longo e publicar uma foto, não poderia? Estou com esperança de que alguém possa reconhecê-la.

– Seria difícil. Eu não sei se o editor engoliria, a não ser que o senhor tenha algo novo para me contar.

– Nada... E esse é o problema.

– Então não vejo o que poderia escrever. Alguém já relatou a coisa toda. Se o senhor conseguir a foto para mim, verei se posso colocá-la, pedindo que alguém se apresente etc.

– Eu preciso mais do que isso. Muitas pessoas nem compram o jornal. Quero algo do qual as pessoas vão falar, desse modo haverá mais chance de que peguem o jornal em um bar e deem uma olhada.

– Não sei como posso conseguir isso se não há uma história, para começar. Qual é o problema, afinal? Eu pensei que se tratava apenas de um suicídio. Há alguma história por trás que o senhor ainda não me contou?

– Não. Por ora é apenas um problema de papelada. Quanto mais cedo ela for identificada, mais cedo poderemos enterrá-la. Mas, para falar a verdade, há a possibilidade de não ser um suicídio, se isso o ajuda.

– Ajuda. Posso dizer que há suspeita de homicídio?

– Pode dizer o que quiser, desde que não cite meu nome. Em qualquer caso, certamente você pode usar o fato de que ela não estava vestindo nada além de um casaco de pele. É bizarro o suficiente.

– Não se ela for apenas maluca, mas se o senhor suspeita de assassinato isso coloca a coisa de modo diferente. Qual era a idade dela?

– Cinquenta e poucos...

– Há alguma chance de ser uma prostituta?

– Não, mas tenho um homem checando isso, por via das dúvidas.

– Bem, farei o que puder. É bom ter o senhor me dizendo que posso escrever o que quiser, para variar.

– E você não faz sempre isso?

O jornalista riu e desligou.

O artigo saiu no dia seguinte. O fotógrafo fez o melhor para dar alguma aparência de vida e normalidade ao rosto morto, e o jornalista fez o que pôde com uma história com tão poucos fatos, mas era muito pouco.

Uma semana se passou, e ninguém apareceu para identificar a mulher. O homem do capitão verificou que o rosto dela não era conhecido entre as prostitutas da cidade. O casaco de pele que ela vestia não tinha sido comprado em Florença, pelo menos não de qualquer vendedor de peles no mercado, mas, de qualquer modo, era bem antigo e a etiqueta havia caído há muito tempo. Os braceletes e os brincos da mulher combinavam, mas eram sem valor e não tinham marca; então, não havia possibilidade de serem de alguma ajuda na identificação. Uma verificação casa a casa nos edifícios voltados para o rio abaixo do Ponte Vecchio não tinha, até aquele momento, produzido nenhuma testemunha da desova do corpo, como era mesmo de esperar, uma vez que naquele horário já era comum que todos estivessem com as persianas fechadas. Sobrava apenas o relatório do legista. O capitão não o havia lido assim que chegara às suas mãos porque estava muito ocupado. Algumas caras novas tinham aparecido no cenário das drogas e duas mortes tinham acontecido, ambas de jovens, uma após a outra. Havia poucas dúvidas de que uma nova gangue estivesse em ação, provavelmente traficando drogas pesadas. O capitão havia passado a manhã inteira instruindo os jovens agentes à paisana, que se misturariam aos vários grupos de viciados até que a nova fonte fosse rastreada. Cedo ou tarde, um informante falaria em troca de dinheiro para uma nova dose. No fim, ele leu o relatório da autópsia durante a hora do almoço, engolindo um sanduíche e tomando um copo de vinho.

Estava procurando a confirmação do que tanto ele como o promotor-substituto haviam suspeitado, naquela fria manhã à margem do rio, quando o legista fez seus primeiros exames. Eles haviam visto marcas no pescoço e uma laceração do lado.

À ATENÇÃO DO PROMOTOR PÚBLICO--SUBSTITUTO DA REPÚBLICA EM FLORENÇA

O signatário, Dr. Maurizio Forli, foi chamado no dia 29 de setembro pela Promotoria Pública de Florença para examinar o corpo de um cadáver não identificado, encontrado no Rio Arno. Depois do exame externo do corpo, no local de sua descoberta, requisitaram-se a dissecação e a análise forense com o propósito de fornecer dados como hora e causa da morte e identificação do cadáver.

Em resposta às perguntas específicas recebidas em relação à requisição supracitada:

1. *a morte ocorreu seis horas antes da descoberta do cadáver;*
2. *a causa da morte foi estrangulamento;*
3. *o corpo é de uma mulher de aproximadamente cinquenta anos de idade.*

Seguia-se um relato do exame externo do corpo, começando pelas vestimentas e joias, e observando que, de acordo com a autópsia, a vítima estava nua na hora da morte e tinha sido deixada em decúbito dorsal por três a quatro horas após a morte. Escoriações na testa e nas mãos continham argila e pequenos pedregulhos. Elas haviam sido causadas pela rolagem do corpo no leito do rio, embora a maior parte dele tinha sido protegida pelo casaco de pele.

Os sinais de estrangulamento foram tratados com mais detalhes.

... diagnosticada cianose facial... hematomas assimétricos, acompanhados por lesões em meia-lua, sendo os hematomas mais extensos e as lesões mais profundas no lado esquerdo do pescoço, indicando que o agressor era destro.

Mas foi o parágrafo seguinte que interessou ao capitão:

Laceração cercada por extenso hematoma no lado esquerdo do pescoço, sugerindo a remoção violenta de um colar pesado. Deve ser notado que:
a) a forma da laceração sugere um colar combinando com o bracelete usado pela falecida;
b) o grande hematoma cercando a laceração indica que ela ocorreu antes da morte;
c) a posição da laceração indica que foi causada por um movimento da esquerda para a direita, enquanto a vítima se encontrava em decúbito dorsal.

O capitão leu todo o parágrafo mais uma vez, porém ele ainda não fazia sentido. Se o motivo foi roubo, o atacante teria levado todas as joias, não apenas uma peça, e a mesma coisa se aplicava caso se tentasse simular um roubo. E se o agressor, por algum motivo, quisesse apenas o colar, teria sido mais fácil removê-lo após a morte da mulher. Aquilo sugeria apenas uma discussão violenta: por que razão arrancar o colar; mas ele não tinha sido encontrado. O atacante levara o colar embora e o guardara, ou o jogara no rio.

Ou, talvez, murmurou o capitão para si mesmo, *ele o arrancou simplesmente porque estava em seu caminho*. Aos poucos, ele estava formando em sua cabeça a imagem de um assassino excepcionalmente frio, que agia de maneira fria e calculada, para que a vítima não tivesse oportunidade nem chance de reagir; e que, com calma, vestira o corpo no casaco de pele e o levara, possivelmente, no assento do passageiro de um carro, até o rio.

Ele leu todo o resto do relatório da autópsia, sem muitas esperanças de encontrar qualquer outra coisa útil.

A mulher tinha o coração ligeiramente aumentado, talvez fosse um problema congênito, e isso teria ajudado seu atacante, porque era provável que ela tivesse perdido a consciência muito rápido depois de ele começar a estrangulá-la.

> *O estômago continha por volta de 200 gramas de leite parcialmente coagulado... rins e pâncreas normais... órgãos reprodutores normais... uma cicatriz datada de quinze a vinte anos atrás, talvez ligada a um parto difícil... Deve ser observado que:*
> *a) os pulmões não continham água;*
> *b) o conteúdo do estômago não trazia odor de álcool...*

Então, ela não estava bêbada demais para reagir. Estaria dormindo? Não havia marcas no corpo que sugerissem ter havido luta com seu atacante, mas se ela estava adormecida não fazia sentido arrancar o colar, em vez de abri-lo. O capitão ficou sozinho, lutando para arrancar algum sentido das informações que tinha sobre a mulher desconhecida. Ele então pegou o telefone.

– Chame a Stazione Pitti.

Mas foi o sargento Lorenzini quem atendeu.

– Eu lamento, senhor, mas o comandante está fora, em sua ronda de hotéis.

– Peça para ele me ligar quando retornar.

– Sim, senhor. Deve voltar a qualquer momento... mas ele estava atrasado quando saiu, pois as manhãs de segunda-feira...

– Entendi.

As manhãs de segunda-feira eram sempre a mesma coisa. As pessoas, retornando na noite de domingo, após o dia fora ou o fim de semana viajando, encontrariam a casa arrombada, o carro ou o cachorro desaparecidos. E a primeira coisa a se fazer na segunda-feira de manhã era ficar em fila, com folhas carimbadas pelo governo, para registrar o roubo. Passava das 11h30 quando o comandante finalmente conseguiu escapar, determinado a verificar duas pensões nas quais estava de olho. Depois disso, decidiu fazer uma breve visita a um hotel mais luxuoso, pelo qual tinha de passar de qualquer maneira no caminho de volta.

O Hotel Riverside estava silencioso quando o comandante chegou. O almoço estava sendo servido no salão principal e o salão do desjejum, acarpetado de azul, à direita da recepção, estava vazio, exceto por um casal idoso que provavelmente esperava pelo táxi. Um conjunto de malas estava empilhado junto à porta. O recepcionista, um elegante jovem que usava uma gravata borboleta de seda negra, entregou o livro azul de registros sem outros comentários, além de um afetado "bom-dia". O comandante tratava pelo primeiro nome os recepcionistas, proprietários e porteiros que o recebiam em hotéis mais simples, e sustentava um tratamento mais formal com aqueles mais modestos, onde ele era considerado um mal necessário e era mantido à distância. Em geral, preferia a guerra franca à polidez gélida. Apesar disso, o fato de não ser bem-vindo não o perturbava nem um pouco e, como sempre, usava seu tempo lendo cada registro de maneira cuidadosa, com seus olhos salientes, que percebiam tudo e não traíam nada. Quando ele acabou, entregou o livro sem uma palavra, porque era dessa maneira que as coisas eram feitas por ali. Um cãozinho branco saiu de trás do balcão pela porta aberta, mas, no momento em que o recepcionista o viu, teve um sobressalto nervoso e desapareceu novamente.

O comandante foi em direção à porta, onde um porteiro de casaco listrado de branco e vermelho estava colocando a bagagem em um táxi, enquanto uma fila de carros buzinava, esperando impacientemente atrás dele. O casal idoso o seguia.

– Só um momento!

O comandante continuou em seu caminho, presumindo que alguém estava chamando o casal de partida, mas o recepcionista o havia seguido e alcançado. Ele parecia ligeiramente embaraçado.

— Talvez o senhor possa nos ajudar a resolver um pequeno problema...

Cedo ou tarde, as pessoas sempre precisavam de ajuda com algum problema, fosse pequeno ou grande, e não pensavam duas vezes antes de pedi-la, nunca se importando com o quanto tivessem sido pouco prestativas antes.

O comandante se virou e o seguiu de volta à recepção. Ele não encorajou o homem, mas ficou ali em pé, com sua face inexpressiva, aguardando.

— É sobre este cachorro...

O animal havia reaparecido e estava agora apoiado com as patas dianteiras nos pés da banqueta do recepcionista, tremendo nervosamente. O comandante olhou para baixo e, então, de novo para o recepcionista.

— Bem?

— Algo tem de ser feito com relação a ele, pois não pode ficar aqui e pensei que talvez o senhor... ele pertence a uma de nossas hóspedes. Não que normalmente aceitemos animais, mas ela está aqui há anos, então nos sentimos obrigados a fazer uma exceção. No entanto...

— O que você quer que eu faça? Prenda-o?

O tom do comandante era perigoso. Como se ele não tivesse nada para fazer, além de se preocupar com um cachorro de meio quilo!

— O senhor não está entendendo. Em geral, ela o leva quando viaja, mas dessa vez o deixou, sem nem pedir permissão para isso! Não se pode esperar que nós...

— Sacrifique-o ou envie-o para a ENPA.*

---

* Ente Nazionale di Protezione Animali: Agência Nacional de Proteção aos Animais (N.T).

O comandante virou-se para ir embora de novo.

– Espere! É isso que quero saber, se temos esse direito. Se não, quando ela voltar...

– Deixe-o em paz, então. Ele não está fazendo mal algum.

O comandante tinha chegado à porta, mas o outro o seguiu, agora completamente agitado.

– Isso é o que o senhor pensa! Ele fica aqui no balcão da recepção o tempo todo, porque o porteiro da noite o trata como um bichinho de estimação. Num hotel desta classe, esse tipo de coisa não pode ser tolerada. Com certeza o senhor entende isso.

Ele não acrescentou "mesmo que você provavelmente nunca seja hóspede de algum", embora pudesse muito bem ter feito isso.

– O gerente insiste que eu faça algo, mas não posso trancá-lo no quarto dela, não há como saber que estragos ele faria... Tudo que quero saber é nossa posição legal...

– Pergunte a um advogado – sugeriu-lhe o comandante, secamente.

– Não podemos desperdiçar o tempo de um advogado com uma coisa como essa; isso ainda custaria mais dinheiro que arranjar um veterinário para sacrificá-lo!

– Bom, então pare de desperdiçar o *meu* tempo e deixe como está. Não me diga que um lugar como este não pode alimentá-lo. Não é maior que um coelho.

– E se ela não voltar?

– E por que ela não voltaria?

O comandante tinha perdido as esperanças de se livrar do homem. Estavam na entrada e ele continuava puxando a manga do uniforme negro do comandante, olhando de relance para trás a cada instante, para ver se não estava sendo procurado lá dentro. O táxi foi embora, seguido por um coro raivoso de buzinas, e o porteiro entrou. Nesse momento, o recepcionista baixou a voz para um sussurro confidencial e um tanto indiscreto.

– Bem, para começar, eu sei que ela nem mesmo levou uma mala. Nós as mantemos guardadas no sótão para ela, já que está aqui permanentemente.

– Se ela não levou a mala – disse o comandante –, então não ficará fora por muito tempo, certo? E agora...

– Humm. Não deveria dizer isso... – ele espiou por cima do ombro outra vez – , mas... eu nunca gostei dela... ela aparenta ser respeitável e eu não tenho nada contra ela, nada concreto, mas há *algo*. Entende o que digo? Imagino que em seu trabalho...

– Não – disse o comandante –, eu não entendo.

Certamente, o homem passava melhor impressão quando se limitava a "obrigado e bom-dia".

– Já são oito dias.

– O quê?

– Ela partiu há oito dias e uma mulher daquele tipo não fica fora por oito dias sem uma mala. Talvez não pudesse pagar a conta, que este mês já estava vencida. Se guardarmos o cachorro e ela tiver desaparecido, ficaremos enrascados com ele. Agora o senhor entende?

O comandante não respondeu. Em silêncio, fez algumas conjeturas e então entrou de novo no hotel, com o recepcionista se agitando atrás dele.

– Bom, fico feliz em ver que o senhor percebe que algo tem de ser feito. Está certo o gerente dizer que...

– Me dê o registro. Qual a idade dessa mulher?

– Quarenta e oito. Bem conservada, eu admito, mas...
– Altura?
– Mais ou menos a mesma que eu... O que isso tem a ver com o cachorro?
– Loura?
– Cabelo tingido. O senhor a conhece? *Sabia* que havia alguma coisa, sempre adivinho...
– Onde está o registro dela?
– Espere, vou encontrá-lo para o senhor... *Sabia*, é uma sensação que tenho... Aqui!

O comandante olhou para a informação, bem devagar tirou seu bloco de notas e copiou com atenção. Após guardá-lo, abotoou o bolso.

– Você nos verá de novo.
– *Espero* que não seja nada sério – mentiu o recepcionista, acrescentando a tempo: – E quanto ao cachorro?
– Você talvez possa sacrificá-lo, se é o que quer.

Mas, ao chegar à porta, ele não conseguiu resistir a se virar e acrescentar, gravemente:

– Mas, primeiro, talvez você tenha que identificar um cadáver.
– Um cadáver? O senhor quer dizer que ela está... *Eu*...? Oh, meu Deus! – Aquilo desmanchou a expressão excitada de seu rosto. – Acho que vou desmaiar...
– Eu tinha certeza que você faria isso – resmungou o comandante para si mesmo, seguindo seu caminho.

3

— Lamento ter feito o senhor esperar.

O capitão Maestrangelo retornou ao seu escritório naquela tarde para encontrar o comandante, que estava sentado ali pacientemente, com suas grandes mãos repousando em seus joelhos. Eles conversaram por alguns momentos sobre as últimas notícias da nova gangue de drogas. O comandante conhecia os pais de um dos jovens que havia morrido e, por isso, tinha tanto interesse pessoal como oficial nesse caso. O capitão disse:

— Deduzo que você recebeu meu recado, mas não havia realmente necessidade de vir aqui, só queria atualizá-lo sobre o caso do corpo no Arno. Não foi um suicídio, conversei com o magistrado pela manhã...

O comandante escutou, com cuidado, um resumo do relatório da autópsia. Foi apenas quando o capitão disse que identificá-la seria uma grande dor de cabeça que ele se pronunciou:

— Existe a possibilidade de que eu tenha descoberto quem ela é...

Eles não foram de imediato para o hotel, pois teriam de conversar tanto com a equipe diurna quanto com a noturna. Maestrangelo ligou para o gerente e pediu que todo o pessoal estivesse presente naquela noite, na hora da mudança de turno. A resposta foi polida, mas, decididamente, reservada:

– Permite-me perguntar por quê?

– Seria melhor que discutíssemos isso quando eu chegar.

– Ele sabe por quê – comentou o comandante, quando o capitão desligou. – Aquele recepcionista já deve ter contado para todos do lugar.

Já estava escuro quando o carro deles cruzou a ponte sob a qual o corpo tinha sido encontrado, e uma garoa fina caía no rio. Havia tanto tráfego entupindo as ruas estreitas naquele horário que foi muita sorte o hotel ter uma garagem subterrânea ao lado da entrada.

Como previsto, o comandante acertara. O recepcionista tinha contado para todo mundo. Houve uma atmosfera de leve excitação quando os *carabinieri* foram conduzidos ao lotado escritório do gerente, mas ninguém pareceu indevidamente preocupado ou tenso, exceto o próprio recepcionista, cujo nome era Guido Monteverdi, que continuava cercando o comandante a cada oportunidade para dar alguma nova razão pela qual ele seria a pessoa menos indicada para identificar o corpo. O comandante ficou aliviado porque foi o capitão quem tomou o depoimento do recepcionista, enquanto ele mesmo tomou o do porteiro da noite. Um homem agradável e de fala calma, no fim da casa dos trinta anos e que fez o melhor que pôde para ser útil sem ter de recorrer a mexericos. Ele e o comandante se sentaram um de frente para o outro em uma mesa atulhada de papéis, no pequeno escritório onde eram guardadas as contas do hotel e de onde os ruídos costumeiros do estabelecimento mal eram audíveis. O porteiro se identificou como Mario Querci e respondeu às perguntas de rotina sobre idade e local de residência. Então começou a falar da hóspede desaparecida.

— Não, eu não diria que era uma mulher feliz. Sempre me pareceu desapontada com a vida, um pouco amarga, mas nunca inclinada a fazer qualquer coisa em relação àquilo. Suponho que muitas pessoas sejam assim.

O comandante, observando enquanto ele falava, imaginou se o próprio porteiro não era assim também. Não se encontra com frequência um homem bem apresentável e jovem em um trabalho como aquele. Mais frequentemente, são aposentados ou não muito saudáveis e acham esse trabalho fácil de suportar. Talvez, naquela classe de hotel, tais pessoas não fossem aceitáveis, mas ele não comentou nada e deixou o outro continuar falando.

— Eu sempre achei que ela sofreu alguma decepção em algum momento e que isso a tenha tornado amarga.

— Ela disse isso?

— Não... Nada específico. Porém, ainda assim, pode ter sido o caso. Pode ter sido algo que aconteceu há muito tempo no país dela. Ela morava aqui há uns quinze anos e só estou aqui há oito, então...

— Onde você esteve antes?

— Em um hotel mais ao norte. Suponho, mais que qualquer coisa, que foi o fato de ela ter dificuldades para dormir que deu a impressão de sua infelicidade.

— Ela tinha problemas para dormir, então descia até aqui e passava o tempo conversando com você, é isso?

— Sim... — ele pareceu embaraçado.

— Bem, eu acho que em sua ocupação você está sujeito a escutar bastante sobre os problemas das pessoas, queira ou não.

"Aquilo era típico", pensou o comandante, "do tipo de porteiros, garçons e *barmen* a quem todos chamam pelo primeiro nome e que estão sempre dispostos a fazer pequenos favores, de maneira sincera e sempre com um sorriso amigável e repleto de cumplicidade".

— E quanto a visitantes?

— Ela nunca teve nenhum, embora não fosse sozinha no mundo, disso eu sei.

— Como?

— Havia cartas. Não com frequência, mas com bastante regularidade. Eu recebo a correspondência, antes de sair de manhã.

— Cartas do país dela?

— Não, não acho que tenha havido alguma da Alemanha ou, pelo menos, não que me lembre, apesar de poder ter havido alguma sem que eu percebesse, ou em minha noite de folga. Elas vinham do mundo todo e ela escrevia cartas também.

— Em resposta às que recebia?

— Eu não sei... Ou melhor, acho que elas sempre iam para a Alemanha. O senhor terá de perguntar aos recepcionistas, ela as deixava com eles durante o dia, se não saísse e as postasse ela mesma.

— Ela saía muito?

— Acho que não. De novo, o senhor terá de checar com a equipe diurna. De vez em quando, ela viajava por alguns dias.

— Ela viajou recentemente?

— Não, pelo menos por um ano, se me lembro direito.

Ele hesitou por um momento e então:

— Eu disse que ela nunca teve visitantes e, em geral, não tinha, mas...

— Mas...?

— Bem, dificilmente o senhor iria chamá-lo de visitante; quero dizer, ele não subiu até o quarto dela, como o senhor poderia pensar, mas um homem chegou e perguntou por ela, um homem muito respeitável, alto e bem-vestido. Ela desceu e o encontrou aqui e eles saíram juntos.

— Foi à noite, presumivelmente, que você o viu?

— Sim. Eu acho que era por volta das 23 horas.

— Quando foi isso?

— Deve ter sido há um mês.

— Você tem certeza?

— Não tenho certeza do dia. Ele não voltou com ela e, como não era registrado aqui, eu não teria como verificar.

— Tem certeza de que não foi na noite em que ela desapareceu?

— Sim, tenho certeza. Foi bem antes disso... O senhor se importaria se eu perguntasse uma coisa?

Quando o comandante acenou concordando, o porteiro continuou:

— Eu só queria... Bem, saber o que aconteceu. O senhor contou que ela foi encontrada no rio, mas não disse... Foi suicídio?

— Não.

— Ah, menos mal — ele pareceu quase aliviado.

O comandante esperou, mas o porteiro não perguntou mais nada; então, ele continuou:

— Ela confiava a você coisas de natureza pessoal?

— Falava muito da saúde e, a despeito da insônia, dificilmente tomava pílulas para dormir. Era muito preocupada com a dieta também, mas não como a maioria das mulheres, que se preocupa em permanecer magra. De qualquer modo, ela era muito magra.

— Sim — murmurou o comandante. Quando ele chegou à margem do rio naquela manhã, com o capitão, a primeira coisa que percebeu foi uma perna magra e azulada escapando do casaco de pele encharcado.

— Ela ia muito atrás dessa coisa de comida saudável. Falava sobre germe de trigo e vitaminas, e, uma vez, até me deu alguns tabletes de vitamina C, dizendo que se você ficar muito tempo em um espaço confinado e não tiver ar fresco suficiente... Desculpe-me, isso não é de seu interesse, imagino... É que ela falava muito nisso.

— Para ser sincero — disse o comandante —, eu pensava em coisas de uma natureza mais pessoal do que isso. Esse homem que veio, por exemplo... ela não contou a você nada sobre ele ou sobre qualquer outro homem?

— Não... ela nunca falava de homens, exceto de maneira genérica. Mas...

— Mas o quê?

— Bem, deve ter havido um homem na vida dela, mas nunca ficou claro se ele era coisa do passado ou do presente.

— Não me parece que ele estaria por perto, se ela nunca o recebeu aqui.

— Bom, havia as viagens que fazia, é claro, porém ela sempre falava sobre isso no tempo passado, de uma maneira difícil de explicar. Não falava sobre *ele*, como eu disse, mas sobre outra mulher.

— Alguém de quem ela tinha ciúmes?

— Isso é colocar de maneira suave. O senhor teria de conhecê-la para compreender. Ela sempre tinha uma atitude calma e era irônica sobre si mesma, sobre tudo. Podia ser bem sarcástica, dura até, mas de uma maneira divertida. Eu não sou muito bom em expressar coisas, porém se eu disser que sua maior preocupação parecia ser com a saúde, bom, obviamente, ela a levava a sério porque era bastante rígida com sua dieta e suas pílulas. Mas, quando ela falava daquilo, não parecia ser com seriedade. Ela sempre falava sobre si mesma e sobre qualquer coisa de maneira irônica e desinteressada. Eu estou fazendo com que ela pareça desagradável, mas ela não era assim realmente, apesar de pessoas que não a conheciam tão bem poderem pensar assim.

O comandante já tinha conversado com uma camareira e um garçom que pensavam assim, no entanto apenas disse:

– Você estava falando sobre ela ser ciumenta.

– É exatamente isso. Quando falava dessa outra mulher, era o único momento em que ela mostrava alguma emoção real. Ainda tentava manter o mesmo tom irônico, mas era óbvio que sob a superfície estava furiosa de verdade. Algumas vezes disse coisas realmente ferinas. Ela se soltava quase por completo, mas nunca por muito tempo.

– Que tipo de coisas ela dizia?

– Era mais ou menos a mesma história, sempre. Parece que a outra mulher era mais velha e ela falava sem parar sobre isso. Dizia algo como: "Aquela bruxa é oito anos mais velha do que eu e bebe como uma esponja. A única coisa de que tenho certeza é de que ela vai morrer antes de mim. E eu sei que, se não fosse por seu dito 'inglês perfeito', ele não teria olhado nem duas vezes para ela...". Daí ela se controlava e mudava de assunto.

– O que ela queria dizer com "ela vai morrer antes de mim"? Soava como uma espécie de ameaça?
– Não, de jeito nenhum. Ela parecia certa disso, apenas. Eu sempre tive a impressão de que ela se conservava saudável por causa dessa outra mulher.
– Você quer dizer que era assim que ela pretendia viver mais do que a outra?

Os olhos grandes e ligeiramente protuberantes do comandante pareceram ainda mais saltados.

– O senhor teria de conhecê-la para entender – repetiu o porteiro, com calma –, ela era uma mulher muito determinada, à sua própria maneira.
– Hum...

O comandante ponderou por um momento e completou:
– Mas ela não teve sucesso, pelo jeito.

Mais de uma hora depois, de volta ao escritório bem mais espaçoso do gerente, ele e o capitão se sentaram e compararam suas anotações. Com a exceção do porteiro da noite, Mario Querci, a mulher morta era pouco conhecida e ainda menos apreciada pela equipe do hotel.

Não restaram dúvidas de que a hóspede desaparecida era a mulher que tinha sido retirada do rio; todos haviam reconhecido a fotografia da mulher morta. Se ninguém se apresentou para identificá-la foi porque o gerente do hotel comprava o *Corriere della Sera* com mais frequência que o *Nazione*, e o resto da equipe, quando se importava de ler o jornal, lia o dele. Ninguém havia visto o artigo, então os esforços de Galli foram em vão. Duas horas e meia de interrogatórios tinham produzido poucas provas úteis, mas, pelo menos, agora a mulher tinha uma identidade.

Hilde Vogel nascera na Alemanha, tinha 48 anos de idade, era esbelta, loura artificial e discretamente bem-vestida. Enviava uma carta registrada para a Alemanha uma vez por mês e fazia cerca de uma viagem ao exterior a cada dois anos. Reservava seu voo por intermédio do recepcionista do hotel. Este tinha repetido para o capitão que notara e sabia que havia alguma coisa, mas que era tarefa do gerente identificar o corpo. Ela tinha sido vista pela última vez no jantar, oito dias atrás. Ninguém a havia visto deixar o hotel, nem mesmo Querci, o porteiro da noite, apesar de seu posto ser a entrada principal e de não haver outra saída. Os fundos do hotel davam para o rio.

Tanto o capitão quanto o comandante estavam cansados e famintos. Quando saíram do escritório para a recepção, lembraram-se da fome por um tênue, mas delicioso aroma que vinha do salão principal, onde alguns hóspedes ainda estavam comendo, a julgar pelo discreto ruído de talheres.

Mario Querci estava em seu posto, aconselhando um casal de meia-idade sobre uma excursão a San Gimignano e Siena.

– Se os senhores quiserem, telefonarei para a estação rodoviária para vocês...

Ele olhou para cima e sorriu, quando os dois *carabinieri* apareceram.

– Tudo encerrado?

– Receio que não – respondeu-lhe o capitão. Ele não quis acrescentar que estavam para se juntar aos homens que examinavam o quarto da mulher morta, por causa da presença dos hóspedes; estes sequer perceberam os homens uniformizados, pois estavam muito ocupados tentando converter o preço das passagens de ônibus para dólares.

— Aquele recepcionista, Monteverdi... — disse o capitão, enquanto subiam as escadas acarpetadas de azul, pois o elevador havia acabado de partir.

— Hum... — o comandante se absteve de fazer qualquer comentário.

Caminharam em silêncio ao longo do carpete azul, procurando pelo quarto 209. Por todo o corredor, abajures com cúpulas de seda estavam acesos em mesas baixas em forma de meia-lua. O 209 ficava a meio caminho, de frente para as portas dos elevadores.

— Vai nos custar uma porção de tempo e de pessoal verificar o passado de todos da equipe, mas suponho que podemos ser gratos por ela não ter contato com nenhum dos outros hóspedes.

— Assim dizem eles — o comandante não soava muito convencido —, e imagino ser verdade, já que todos concordaram sobre isso. Quanto ao resto... Não serve. Não serve mesmo.

— Devo dizer que tenho a sensação de que o gerente tinha algo a esconder.

— E ele não era o único.

4

O 209 era uma pequena suíte com sala de estar, quarto e banheiro. Na sala de estar, que era mobiliada em amarelo e branco, o técnico datiloscopista já estava guardando suas coisas para ir embora.

— Uma grande perda de tempo — observou, olhando para cima quando o capitão entrou seguido pelo comandante —, o quarto foi limpo e praticamente não há impressões digitais claras no lugar todo. O gerente disse: "É óbvio que o quarto foi limpo, não havia nenhuma razão para achar algo errado".

Bem, nada podia ser feito quanto a isso agora.

Dois dos homens do capitão estavam trabalhando no quarto, um deles verificava os bolsos das roupas no armário, o outro separava e embalava os documentos que encontrava nas gavetas menores da penteadeira.

— Eu levarei os documentos, coloque-os em um envelope.

O capitão olhava ao redor. Após um momento, murmurou uma praga em voz baixa. Não apenas o aposento havia sido limpo, mas qualquer coisa que estivera fora do lugar fora guardada. Eles não dispunham de nada além da vaga descrição da camareira para ajudá-los a reconstituir o que podia ter acontecido ali. Ela teve pouco a dizer, apenas que a cama estava desfeita e que algumas roupas se encontravam espalhadas, uma situação bastante normal em um quarto de dormir àquela hora da manhã.

– Que horas eram exatamente? – o comandante perguntou a ela.

– Nove da manhã. Sempre levei o café da manhã dela nesse horário.

– E você não pensou em contar a ninguém que ela não estava?

– A quem eu deveria ter contado? Não havia nada para impedi-la de sair cedo, se assim decidisse. Eu recebo o mesmo salário caso ela coma aquilo ou não. E não pense que alguma vez tenha me dado gorjeta, porque ela nunca fez isso.

– Então você arrumou o quarto?

– Um pouquinho.

– O que quer dizer com "um pouquinho"?

– Um pouquinho. O suficiente para que o faxineiro pudesse entrar.

– E quando você finalmente pensou em contar a alguém que ela estava desaparecida?

– Na manhã seguinte, eu acho. Ou pode ter sido duas manhãs depois.

– Você contou para o gerente?

– Não.

– Para quem contou, então?

– Gino.

– Quem é Gino? – o comandante teve vontade de dar uma bela sacudida nela.

– Ele servia a mesa dela e deve ter dito algo sobre ela não aparecer nas refeições.

– Por que você diria isso a Gino e não ao gerente? Ele é seu namorado?

– O que o senhor tem a ver com isso?

E, para coroar tudo aquilo, quando o comandante perguntou se tinha visto a foto de Hilde Vogel no jornal, ela riu tolamente e disse:

– Eu só leio horóscopo...

– Estamos prontos para ir – disse um dos homens do capitão –, e vamos lacrar o lugar, a menos que haja mais alguma coisa para fazer aqui.

– Não... Não, tudo bem.

O capitão apanhou um vaporizador de perfume que estava sobre a penteadeira e o colocou de volta, junto a uma escova de cabelo da qual o técnico já havia retirado alguns fios louros. Não havia razão alguma para continuarem ali, e o magistrado havia ordenado que lacres fossem colocados nas portas e janelas. O capitão sempre poderia voltar e revistar o quarto de novo, quando tivesse uma ideia melhor do que procurar. Os documentos que levavam talvez pudessem dizer algo.

– O senhor ainda precisará de mim? – perguntou-lhe o comandante, enquanto desciam pelo elevador.

– Não. Vou deixá-lo na Pitti, você deveria arranjar algo para comer. Mas posso precisar de você ou mesmo de alguns de seus rapazes amanhã. Com tantos homens empenhados nesse caso das drogas, todas as verificações necessárias neste trabalho se tornarão um problema.

Quando saíram do elevador, em frente ao balcão da recepção, Mario Querci os olhou, por detrás de uma pilha de pedidos de café da manhã, e disse:

– Se seu carro está na garagem, é melhor descerem direto pelo elevador, pois está chovendo forte.

– Não precisamos de uma chave? Ao chegarmos, nós tentamos subir por esse caminho, mas não conseguimos abrir a porta do elevador.

– Apenas os residentes têm a chave para subir, mas os senhores podem abrir a porta por dentro.

– Obrigado, então. E boa noite.

– Boa noite.

Estava chovendo tão forte que era difícil distinguir mais do que um borrão de luzes amarelas e brancas, mesmo com os limpadores de para-brisa a toda velocidade.

– O rio vai encher logo se isso continuar por alguns dias – observou o comandante, enquanto se dirigiam pelo aterro até o Ponte Vecchio, onde viraram à esquerda em direção ao Palazzo Pitti, e ali ele desceu.

Quando o carro chegou ao Borgo Ognissanti, o *carabiniere* de plantão na sala dos guardas apertou o botão para acionar o portão interno deslizante e indicou ao capitão um jovem robusto que o esperava com as mãos enterradas nos bolsos da capa de chuva e um cigarro na boca. O capitão abriu a janela e reconheceu Galli, do *Nazione*.

– Vou convocar uma coletiva de imprensa amanhã.

– Foi o que pensei – disse Galli, sorrindo.

– Tudo bem, pode subir – um favor pagava o outro.

Apenas os corredores principais estavam iluminados naquela parte do edifício, mas, na ala oposta, além dos gramados e da colunata do velho claustro, havia luzes brilhando numa sala do térreo, onde os mais jovens, que estavam de folga, jogavam pingue-pongue, antes de subir para os quartos.

O capitão destrancou a porta do escritório, acendeu a luminária da escrivaninha e colocou o grande envelope que carregava em uma gaveta.

– Então, o senhor estava certo – começou Galli, se esparramando em uma grande poltrona de couro –, não foi um suicídio.

Evidentemente, havia comido e bebido bastante e seu rosto estava rosado e alegre. Apagou o cigarro em um cinzeiro limpo que estava sobre a mesa e vasculhou o bolso da capa, em busca de um novo.

– Estou todo ensopado, espero não estar estragando sua poltrona. O que o senhor pode me contar?

Galli nunca foi conhecido por aparecer com bloco de notas e lápis durante uma entrevista, mas, embora sempre parecesse um pouco embriagado, cometia menos erros que qualquer um de seus colegas de profissão.

– Quanto você já sabe?

– Muita coisa. Tive uma conversa com um amigo que trabalha no Instituto Médico Legal e estive no Hotel Riverside.

– Às vezes acho que você me segue por aí o dia todo.

– Às vezes faço isso.

– E quando você encontra tempo para escrever?

– Quando o senhor vai para a cama – Galli sorriu alegremente. – Tenho de conseguir publicar esse artigo na segunda edição de amanhã.

O capitão contou os pontos relevantes da autópsia e detalhes sobre a identidade da morta.

– Suspeitas?

– Ainda não posso lhe dizer nada. É muito cedo para isso.

– Bom, já é o bastante. O principal é que vamos publicar antes e dar um baile em todos. Muito obrigado, capitão.

E, enfiando outro cigarro na boca, saiu alegremente pela noite chuvosa.

O capitão pegou na gaveta o envelope cheio de documentos pessoais e derramou o conteúdo sobre a escrivaninha. Lembrando-se então de sua fome e que talvez teria de trabalhar até tarde da noite, levantou-se e foi pegar um sanduíche e um copo de vinho em seus aposentos.

A luz tinha se apagado na sala de recreação. No caminho de volta para o escritório, parou para olhar os homens na sala de rádio, pois era a única luz acesa naquele andar.

– Tudo certo?

– Tudo tranquilo, senhor. Não há ninguém na rua em uma noite de segunda-feira, com este tempo. Apenas nós.

De volta ao escritório, o capitão começou a separar os documentos, pegando o passaporte cinza primeiro, pois estava curioso para ver uma fotografia de Hilde Vogel enquanto viva. Talvez não fosse uma boa imagem, fotos de passaportes quase nunca são, mas era evidente pela finura de seus traços que ela tinha sido bonita quando jovem. Não era linda, o rosto era muito severo para isso, porém elegante e atraente, com certeza. Havia também um sinal do sorriso irônico mencionado por alguns dos empregados do hotel.

– Em que você estava envolvida para terminar assim, desse jeito...? – murmurou o capitão para si mesmo, olhando outra vez para os olhos frios e brilhantes da fotografia. Mas o rosto era discreto e não lhe respondeu nada.

Havia alguns certificados de ações que não conseguiu ler, mas pôde deduzir que eram de uma companhia siderúrgica alemã. Colocou-os em uma pasta separada, para que fossem traduzidos e verificados quanto ao valor.

Um diário, encadernado em couro e com a etiqueta de um conhecido fabricante de papéis florentino, não lhe pareceu importante. Hilde Vogel visitava um cabeleireiro no centro da cidade uma vez por semana. Ocasionalmente, escrevia lembretes para si mesma, para comprar meias-calças e outros artigos supérfluos. O número do telefone do cabeleireiro estava em uma lista ordenada alfabeticamente, junto com o de um médico cuja clínica era na Via Cavour, e de um advogado cujo escritório era na Piazza della Repubblica. Não havia nenhum endereço alemão para onde ela pudesse ter escrito e enviado aquelas cartas uma vez por mês, mas elas haviam sido registradas.

O capitão vasculhou a pilha de papéis até encontrar o que procurava: um envelope contendo as cópias de carbono dos recibos de envio das cartas mensais. Eles estavam divididos em anos, com os doze recibos de cada um reunidos por um clipe. Mas os daquele ano iam apenas até julho, data que não coincidia com uma de suas viagens ou com a breve visita do homem descrito por Querci, o porteiro da noite. O nome do destinatário era H. Vogel e o endereço era de um banco em Mainz, Alemanha. A remetente era H. Vogel, Villa Le Roveri, Greve in Chianti. De quem era esse endereço? Será que ela enviava dinheiro para si mesma, em uma conta alemã? Não havia talão de cheques entre os papéis, mas depois o capitão percebeu que não haviam encontrado nenhuma bolsa solta no quarto, além de algumas embaladas em polietileno no guarda-roupa. Provavelmente, o agressor havia jogado a bolsa no rio também e seria quase impossível encontrá-la. O talão de cheques sem dúvida estava dentro dela, junto com as chaves, que também não tinham sido encontradas. Ele fez um lembrete para verificar todos os bancos da cidade onde ela pudesse ter mantido uma conta e então recolocou os recibos das cartas em seus envelopes.

Em seguida, examinou uma licença da polícia que estava atualizada e que dava o lugar de domicílio de Hilde Vogel como Greve in Chianti, não o Hotel Riverside em Florença. A próxima pista encontrada por ele ofereceu uma explicação. Era uma pasta plástica, contendo uma grossa pilha de contratos para o aluguel de uma *villa* próxima a Greve in Chianti. Hilde Vogel era a proprietária e aquela casa de campo era, como todos os contratos idênticos declaravam, sua única propriedade e local de domicílio na Itália. O lugar havia sido alugado durante os últimos dez anos para dúzias de inquilinos por períodos de um mês até dois anos, para fins turísticos apenas. Os documentos de transferência contidos na mesma pasta mostravam que Hilde Vogel tinha herdado a propriedade do pai, doze anos antes. Mas, se ela residiu no Hotel Riverside por quinze anos, então nunca vivera lá.

O capitão separou os contratos ainda atuais e depois trancou de novo o restante dos documentos na gaveta. Alguém teria de sair e dar uma olhada naquela casa de campo no dia seguinte. Hilde Vogel podia nunca ter vivido nela, porém valia a pena verificar quem se encontrava lá agora. O único problema é que ele não tinha ideia de como dispor de alguém para fazer o trabalho.

— Bem, pelo menos parou de chover — murmurou o comandante para si mesmo ao tomar a esquerda na bifurcação, rumo a Greve in Chianti, sob um suave céu azul de outono. Estava tudo bem, mas, quando o capitão o chamou naquela manhã, já estava quebrando a cabeça com as ordenações do dia, porque dois de seus homens estavam de plantão nas cortes do tribunal.

Porém, tudo o que ele disse ao telefone foi: "É melhor que eu mesmo vá, senhor. Os únicos dois rapazes que posso dispensar são muito jovens e inexperientes".

– Espero não estar causando dificuldades para você.

– Não, não... – ele afivelou o coldre e apanhou os óculos escuros, que era forçado a usar porque seus olhos eram sensíveis ao brilho do sol.

Ele parou no quartel dos *carabinieri*, na *piazza* que ficava no fim de uma ladeira, na aldeia de Greve, para conseguir instruções mais exatas sobre como chegar até a casa de campo e, talvez, alguma informação sobre os inquilinos.

– Uma turma bem esquisita – disse o comandante de Greve a Guarnaccia, durante um café rápido em um bar próximo. Os fregueses que passavam em frente à porta aberta pareciam agitados e alegres, talvez por causa do sol. Havia um cheiro de pão fresco e fumaça de madeira, misturando-se ao aroma do café –, mas nunca tive qualquer problema com eles. Quer que eu vá com você?

– Não, devo só dar uma olhada no lugar e descobrir se algum dos inquilinos conhece a proprietária. Você a conhece? A *signora* Vogel, alemã?

– Eu conheci o antigo dono, ele era alemão, mas morreu há tempos. A *villa* é alugada por uma imobiliária. Você pode ver o escritório deles daqui, através da colunata, entre a padaria e a banca de jornal. Quer que eu fale com eles?

– Se não estiver muito ocupado.

– Não temos muitos crimes aqui em Greve. Tenho de visitar uma velha conhecida que se queixa dos vizinhos todos os dias, por uma razão ou outra, e posso ir à imobiliária depois disso. Venha me ver quando voltar, é um belo lugar aquela *villa*, mas você verá que tem sido negligenciada.

Era mesmo um lugar muito bonito. O comandante saiu do carro, respirou fundo o ar quente do dia e olhou em volta. A casa de campo tinha amplos jardins em volta e, além disso, era cercada por um bosque de carvalhos maduros, onde as brilhantes cores do outono contrastavam fortemente com as colinas enevoadas que se estendiam até o horizonte. Mas muito do estuque caiado em ocre havia ruído da fachada da casa e uma das persianas descascadas pendia de suas dobradiças. Embora não fossem mais do que cinco ou seis minutos de carro, da aldeia até ali, o silêncio era quase sobrenatural. Tanto que o comandante se assustou com uma grande folha molhada que roçou seu ombro e caiu ao chão com um ruído suave. A terra úmida estava coberta por uma grossa camada de folhas amarelas, vermelhas e marrons, que ninguém tentara recolher. O comandante caminhou através delas até a parte de trás da casa, onde havia uma piscina, sem água. Faltavam muitos azulejos e ela também estava cheia de folhas caídas.

O silêncio foi quebrado de repente por um trinado de música, seguido de uma pausa e uma melodia tocada bem suavemente. A música vinha de uma sala no térreo, onde as persianas e as janelas estavam abertas. O comandante caminhou em direção a ela e parou, olhando para dentro. Era a cozinha. Era grande e tinha uma mesa de madeira no centro, cercada por cadeiras com assento de palha. Em uma dessas, um rapaz louro estava sentado tocando flauta. Quando ele viu o homem grande, uniformizado e de óculos escuros, não parou de tocar, encarando-o o tempo todo. O comandante ficou ali, encarando-o de volta, seus grandes olhos examinando tudo, do caro suéter de esquiar do rapaz até a água fervendo na chaleira.

— Posso ajudar o senhor?

O rapaz ainda tocava, foi alguma outra pessoa quem falou, alguém que havia dado a volta na casa e se juntado ao comandante em frente à janela. Era um segundo jovem, magro e de cabelos castanhos, vestindo *jeans* e um velho casaco de *tweed*.

— Eu vi seu carro — disse, quando o comandante se virou para olhá-lo, mas essa afirmação tinha o tom de uma pergunta.

— Estou fazendo averiguações de rotina — respondeu o comandante —, a respeito da proprietária desta *villa*, *signora* Hilde Vogel. Você a conhece?

— Não. Eu a aluguei por meio de uma agência, eles anunciaram no *The Times*.

— No *quê*...?

— *The Times*. O jornal de Londres.

— Entendo, você é inglês. Há quanto tempo está aqui?

— Quase um ano. Sou pintor — parecia que ele considerava aquela explicação suficiente, pois não acrescentou mais nada. O outro rapaz ainda tocava, observando-os de maneira curiosa, por trás da flauta.

— Amigo seu? — perguntou-lhe o comandante, apontando para o músico.

— Não, acabou de chegar aqui. Seu nome é Knut, é norueguês. Não sei nada sobre ele, apenas que seu inglês não é muito bom.

— Ele fala italiano?

— Não faço ideia. Gostaria que eu perguntasse a ele?

— Sim.

O rapaz inglês demonstrava certa reserva, que podia ser tomada por polidez, mas, a despeito de um forte sotaque e da gramática ruim, ele falava italiano com uma segurança lânguida que o comandante considerou quase insolente, embora não pudesse explicar com exatidão por quê. Ele estava agora falando com o flautista, mas este apenas abanou a cabeça levemente e continuou tocando.

– Pergunte se ele conhece a proprietária desta *villa* – insistiu o comandante.

Desta vez a música parou, o rapaz disse alguma coisa e deu de ombros antes de continuar a tocar.

– Não, ele alugou pelo corretor, como eu fiz.

– Qual de vocês é John Sweeton?

– *Eu* sou John *Sweeton* – respondeu-lhe o inglês, corrigindo a pronúncia.

O comandante pegou seu bloco de notas.

– E quanto a Graham... – ele não conseguia fazer com que sua língua dominasse esse sobrenome, mas John Sweeton completou imediatamente:

– Graham não ficou mais que duas semanas, apesar de ter chegado em julho, mais ou menos ao mesmo tempo que Christian. Ele pagou o resto do aluguel pelo quarto, de acordo com o contrato e então foi embora para a Grécia.

– Quem é Christian? – o nome não estava na lista de inquilinos do capitão.

– Não sei o sobrenome dele, ele vai e volta o tempo todo.

– Está aqui agora?

– Não, não está.

– Quando você espera que ele volte?

– Não tenho ideia. Ele vai e volta quando quer, como o resto de nós.

O comandante estava começando a sentir-se deslocado e inclinado a concordar com seu colega. Uma turma bem esquisita.

– Ele disse que iria voltar?

– Por que ele diria alguma coisa? As coisas dele ainda estão aqui, por isso presumo que vai retornar, só isso.

– Por que não tem um contrato como o resto de vocês?

– O senhor teria de perguntar a ele. Pode ser que ele conheça a proprietária.

O comandante não disse nada, seus grandes olhos vagavam novamente pela cozinha e seu conteúdo.

– Se o senhor quiser entrar e dar uma olhada – disse Sweeton, seguindo seu olhar –, fique à vontade.

– Eu não tenho um mandado.

Sweeton deu de ombros. A despeito dessa observação do comandante, ele não demonstrava curiosidade quanto à razão das perguntas sobre a proprietária. Depois de hesitar um momento, o comandante decidiu entrar. Sweeton o guiou pela casa, com ar desinteressado.

– Ninguém usa muito estes aposentos do térreo, a maioria de nós fica em seus próprios quartos.

A maior parte das persianas estava fechada, e o comandante tirou os óculos de sol para ver melhor na penumbra. As salas de visita eram bem mobiliadas com antigas e pesadas peças, ainda que um tanto esparsamente. O piso de ladrilhos vermelhos estava empoeirado e havia pequenos montes de serragem sob a mobília, mostrando que os cupins andavam trabalhando. Tudo cheirava a mofo. As escadas e os corrimões eram de uma pedra lisa e cinzenta.

– Meu quarto – a cama estava desfeita e havia muitas pinturas apoiadas nas paredes. Uma paisagem moderna e mal pin-

tada estava colocada em um cavalete e, ao lado, uma garrafa de vinho e um copo –, eu estava trabalhando quando o senhor chegou. O quarto ao lado do meu é de Graham, está vazio agora. Acredito que Knut vá usá-lo, quer dar uma olhada?
– Não.
– O banheiro fica depois de subir essas duas escadas.
Algum trabalho de modernização tinha sido iniciado no banheiro e ficara inacabado. Azulejos foram removidos das paredes, deixando o cimento nu. Os acabamentos eram verdes, com exceção de uma banheira branca muito antiquada, com marcas de ferrugem onde a torneira havia pingado durante anos.
– O quarto de Christian é no outro lado deste patamar, nenhum dos outros quartos está em uso.
O comandante deu apenas uma espiada pela porta que tinha sido deixada um pouco aberta. A cama de Christian estava feita e o quarto era razoavelmente arrumado. Havia uma pilha de livros de bolso e, nos poucos segundos em que ele ficou ali olhando para dentro, conseguiu registrar tudo. O que não tinha certeza era se John Sweeton havia notado o que ele percebeu, o que não havia como dizer por sua atitude. Apesar disso, o comandante viu o que viu. Um cinto de couro pendendo do criado mudo e, ao lado, duas metades murchas de um limão. As outras coisas talvez estivessem escondidas atrás da pilha de livros, mas, mesmo sem vê-las, o comandante sabia que estavam ali.

5

— Então, eu visitei o comandante em Greve, no caminho de volta.

— Ele contou alguma coisa? — A voz do capitão, na outra extremidade da linha, parecia cansada. Ficara acordado quase a noite inteira esperando que seus jovens agentes à paisana voltassem da ronda pelas *piazzas* e bares, onde eles se misturavam com os viciados na esperança de encontrar um novo fornecedor.

— Nós tivemos uma conversa com o corretor. Ele disse ter sido instruído a não alugar de novo, assim que os contratos atuais vencessem. Parece que o lugar vai ser restaurado. Fora isso, ele pôde apenas repetir que nunca tiveram qualquer tipo de problema com aqueles jovens. Aparentemente, cuidam da própria vida e nunca houve reclamações de ninguém contra eles. Mas é óbvio, eles estão em um lugar muito isolado, assim podem fazer quase qualquer coisa sem ninguém saber.

— E você acha que estão envolvidos em algo?

— Tenho certeza de que um deles está usando heroína. Dei uma olhada rápida no quarto dele e pude ver as coisas de sempre por lá.

— Falou com ele?

— Ele não está, vai e volta e ninguém sabe ao certo por onde anda. Podemos ter uma conversa com ele quando voltar. Coincidentemente, não estava na lista de inquilinos cujos contratos o senhor achou, então valeria a pena falar com ele, no caso de ele conhecer a proprietária e ficar lá mediante um acordo amigável; pode, no entanto, ser apenas um invasor. Eu pedi ao comandante de Greve para continuar de olho na *villa* e me contar quando o rapaz voltar.

– Muito bem. Se não houver mais nada...
– Só mais uma coisa, senhor... – insistiu o comandante, lentamente, fazendo uma pausa para colocar as imagens e palavras em ordem. Ele não gostara nem um pouquinho das coisas que aconteciam na casa de campo, mas estava tendo dificuldades para explicar sua inquietação.
– Pois não?
– Havia um outro rapaz... Graham *alguma coisa*, o senhor me deu o nome dele...
– Allenborough. Acha que ele pode ser um viciado também?
– Ele não estava lá. Foi embora...
– Entendo. Então apenas um deles está?
– Não... Havia outro, um norueguês que tinha acabado de chegar... – de novo, o comandante sentiu-se deslocado. – Estou tentando dizer que esse Graham, que foi embora... O garoto inglês disse que ele pagou o aluguel de acordo com o contrato e foi embora para a Grécia, simplesmente. O senhor me contou como o aluguel era alto, por isso achei um pouco estranho ir embora assim...

Ele não estava mesmo conseguindo se explicar.
– Sem dúvida – disse o capitão, com paciência –, eles são jovens, de famílias ricas, por essa razão podem se dar ao luxo de fazer o que quiserem.

O comandante desistiu, limitando-se a acrescentar:
– Enviarei ao senhor meu relatório por escrito. Nada de novo sobre a equipe do hotel?

– Ainda estamos checando, mas é um trabalho longo e eu não posso dispensar mais que um homem para trabalhar nisso. Ele ainda não encontrou nada de interessante. Nesse meio tempo, estive em contato com o advogado da *signora* Vogel, um suíço. Vai retornar minha ligação depois de falar com o banco em Mainz, amanhã cedo. Seria de muita ajuda se você pudesse visitar o cabeleireiro dela. É na sua rota dos hotéis, na Via Guicciardini. O nome dele é Antonio.

"Seria outro como aquele recepcionista", pensou o comandante, carrancudo.

– Tentarei passar lá à noite antes que fechem.

Mas quando desligou, seus pensamentos retornaram à *villa*, com seu cheiro de folhas apodrecendo no exterior e de bolor no interior. O som da flauta, em todo aquele silêncio, e a autoconfiança do garoto inglês, que não podia ter mais de dezenove ou vinte anos. E aqueles sinais acusadores ao lado da cama do outro garoto, o cinto pendurado e o limão murcho.

Levantou-se bem devagar de sua escrivaninha, abotoou a jaqueta e pegou o coldre no gancho atrás da porta. Não gostava nem um pouquinho daquilo e, aos poucos, estava começando a saber por quê. Porque, se eles eram de famílias bem abastadas, certamente deveriam estar em casa, estudando ou trabalhando e construindo uma carreira para si próprios, com todas as vantagens que tinham. Em vez disso, estavam perambulando por aí, desperdiçando o tempo e se drogando, como aqueles pobres e infelizes desempregados que vagavam pelo centro da cidade. Como o rapaz que morreu com drogas adulteradas duas semanas antes e cujos pais ele conhecia. Decidiu, enquanto ligava para o sargento Lorenzini, com o intuito de avisar que sairia de novo, que iria visitar os pais em seu caminho para o cabeleireiro.

– Antonio!
– O que é?
– Alguém quer vê-lo!

O ar abafado e carregado com o cheiro de cabelo molhado e xampu quente fez o comandante começar a transpirar menos de dois minutos depois de chegar. E os reflexos de uma dúzia de pares de olhos o vigiando fixamente pelos espelhos da sala não ajudaram em nada. Entre toda a futilidade do náilon cor-de-rosa e azul, ele se sentia mais consciente de seu próprio volume e de seu uniforme negro do que o normal. E não sabia onde se colocar, para não ficar no caminho de todas as atarefadas assistentes, com suas bandejas e toalhas.

Antonio, enfim, apareceu. Não estava vestindo um jaleco como as garotas, mas uma camisa azul-marinho de bolinhas brancas e um lenço de seda azul-claro amarrado em volta do pescoço.

– Posso ajudá-lo?
– Há algum lugar em que possamos conversar? – perguntou o comandante, afastando-se quando uma mulher passou por ele, com a cabeça enrolada em toalhas cor-de-rosa.
– Há algo errado? Se é a mulher do apartamento de cima reclamando de novo que estou usando toda a água...
– Não, não... É sobre uma de suas clientes, mas eu preferia que nós...
– É claro! Aquela senhora, Vogel!
– Você sabe de tudo?
– A esposa do gerente do Riverside faz o cabelo aqui, ela veio ontem. Na verdade, ela foi a primeira que me recomendou à *signora* Vogel. Só um minuto... Caterina! O cabelo da *signora* Fantozzi já está seco?

– Mais cinco minutos.

– Vou estar lá atrás por um momento. Não, não enxágue ainda, essa cor precisa de mais dois minutos. Vá e penteie a menininha. Por aqui... Comandante, não é? Eu não tenho um escritório, mas talvez Mariannina tenha um quartinho vazio...

Uma manicure, que colocava as mãos de uma velha senhora de molho em uma pequena tigela, olhou-o e disse:

– O número dois está vazio, acabei de desligar a cera.

– Está ótimo. Por aqui, comandante.

O cubículo era tão pequeno que mal havia espaço para os dois ficarem em pé ao lado de uma cama estreita, forrada com uma folha de papel. Havia um forte cheiro de cera de abelha, vindo de um aparelho de aparência estranha no canto do cubículo. Felizmente, Antonio revelou-se muito mais sensato do que parecia, muito diferente do recepcionista do Riverside.

– Não sei como posso ajudá-lo – começou.

– Contando-me qualquer coisa que saiba sobre ela. Estamos tentando estabelecer que tipo de vida ela levava, com quem andava.

– Humm... Difícil. Ela sempre me pareceu solitária.

– Nenhum homem?

– Bem, não pela maneira como falava...

– Que maneira?

– Irônica. Não sei... um pouco amarga. Por exemplo, ela se cuidava bem e vinha aqui todas as semanas, como imagino que o senhor já deva saber. Mas lembro-me de uma vez ela dizer que se perguntava por que ainda se incomodava com isso. E dizia que pensava em entrar para um convento se as coisas não melhorassem, brincando, sabe. Ela falava sempre assim.

– Mas sem explicar por quê?

– Isso mesmo. O senhor não acreditaria como algumas mulheres falam, elas me contam tudo. Mas ela era muito reservada, apenas fazia observações estranhas como aquela.

– Você sabia que ela era proprietária de uma *villa*, perto de Greve?

– Isso ela me contou, há muito tempo. Eu quase me esqueci. Pensei, na época, por que não morava lá. Na verdade, perguntei, mas ela não parecia muito ansiosa para morar no campo sozinha, o que é compreensível.

– Disse quem morava lá?

– Acho que falou que a alugava, mas não tenho ideia para quem. Realmente foi há muito tempo.

– Você consegue se lembrar de alguma outra coisa? Qualquer uma?

Antonio hesitou.

– Mesmo que não pareça importante para você, pode ser útil para nós – encorajou o comandante.

– Não é isso... É apenas porque é fofoca, na verdade. Em meu trabalho, escuto todos, porém não repito para ninguém. Detesto mexericos.

– Neste caso, um mexerico pode nos ajudar a descobrir quem a matou e por quê.

– O senhor quer dizer que é verdade o que a esposa do gerente me contou? Vocês acham que ela foi assassinada?

– Sim.

– Entendo. Nesse caso... Foi uma mulher que tinha um horário aqui quase igual ao da *signora* Vogel. Ela me falou que a viu em um restaurante com um rapaz. Muito jovem, por sinal, quase um garoto. Eles davam a impressão de ser bem íntimos. Sussurravam, ela me disse. Prefiro que o senhor

não diga que fui eu quem lhe contou isso; quero dizer, para os jornais etc. Eu posso lhe dar o nome da mulher e o senhor pode falar com ela, se achar que isso é importante.
– Obrigado.
Um rapaz, quase um garoto. O comandante estava pensando na *villa* de novo, e cada vez menos gostava daquilo.

– Há quanto tempo foi isso?
– Posso dizer com exatidão, em 27 de agosto. Eu quase nunca vou a restaurantes desde que meu marido faleceu, mas meu filho insistiu em me levar naquele dia porque era meu aniversário. É por isso que tenho certeza da data.
– Um mês antes da morte dela.
– Exatamente. Peço desculpas por mantê-lo na cozinha, mas tenho de cuidar do jantar.
Na sala ao lado, onde a mesa estava posta para duas pessoas, a televisão estava ligada no telejornal das oito horas. Tudo no apartamento parecia tão arrumado e calmo como a mulher, que agora colocava uma sopa clara para esquentar. Para o comandante, ela não parecia uma fofoqueira.
– A senhora conseguiu dar uma boa olhada no rapaz?
– De fato, não. A *signora* Vogel não tinha me visto e eu não quis olhá-la fixamente e chamar a atenção. Ela podia ficar embaraçada.
– Apesar disso, a senhora contou para Antonio.
– O senhor tem razão, não devia ter mencionado isso. Foi apenas porque ela estava atrasada e Antonio disse que talvez tivesse seguido o próprio conselho e entrado para um convento; a mesma piada feita para nós na semana anterior. Não vi mal algum em contar a ele. Afinal, ela tinha o direito de fazer o que

quisesse. Mas o rapaz parecia ser pouco mais que um menino, achei isso um tanto chocante, admito. O senhor compreende?

— Sim.

— Acho que é por eu ter um filho quase da mesma idade que me fez considerar aquilo desagradável. Ela era um pouco mais jovem que eu, imagino, mas mesmo assim... O senhor acha que isso tem a ver com a morte dela?

— Não sei.

— Gostaria que o senhor se sentasse.

— Não se preocupe, não quero perturbá-la mais que o necessário.

— O senhor deve me achar muito rude, mas nós comemos em horários muito regulares, por causa de meu filho. Ele está no segundo ano da universidade, estudando arquitetura, mas, desde a morte de meu marido, teve de cuidar dos negócios também. É apenas uma pequena empresa de técnicos de calefação, no entanto ele precisa ficar lá quase o dia todo. Isso significa que estuda até tarde da noite. Por esse motivo gosto de estar com o jantar pronto assim que ele chega. Peço desculpas, eu tenho apenas uma salada para preparar. Não sei o que mais posso dizer para o senhor...

— Qualquer coisa que se lembrar sobre a aparência do rapaz. A senhora deve ter percebido algo nele, mesmo sem olhá-lo fixamente.

— Ah, sim... Bem, lembro-me de que era alto e magro, pelo menos, pois estava sentado. Imagino que, por causa da magreza dele, tive a impressão de que era alto.

Ela abaixou o fogo sob a sopa, pois tinha começado a ferver, e adicionou uma pitada de sal.

— Qual era a cor dos cabelos dele?

— Clara, eu acho... Talvez castanho-claros, mas não posso dizer com certeza.

— A senhora não compreendeu nada do que falavam?

— Não, mas... Bem, tive a impressão de que ela estava implorando e parecia perturbada. Devia estar perturbada, de outro modo teria me visto. E então... Não pude deixar de perceber... ela preencheu um cheque para ele. Ah!

Ela teve um pequeno sobressalto.

— A senhora se lembra de mais alguma coisa?

Mas ela não estava mais escutando o comandante. Seu ouvido treinado tinha captado o som das portas do elevador se fechando no corredor.

— É meu filho, já posso servir o arroz.

Quando o comandante voltou ao seu posto, o jovem sargento Lorenzini estava na sala da guarda.

— Tudo tranquilo?

— Tudo sob controle, comandante. Os rapazes estão lá em cima preparando o jantar. Sairei do serviço assim que terminarem.

— Pode sair agora, você fez bem mais do que sua cota de horas hoje.

Lorenzini não esperou o comandante repetir e apanhou seu sobretudo. Estava casado e vivendo fora do alojamento há alguns meses.

A esposa do comandante e seus dois meninos estavam em Siracusa, mas logo se juntariam a ele. Enquanto Lorenzini saía atabalhoadamente, ele tentou imaginar como seria levar uma vida familiar normal de novo, lembrando-se do jovem estudante de arquitetura chegando em casa, para tomar um prato de sopa em uma sala bem-arrumada, onde a televisão estava ligada para ele. Os aposentos do comandante estavam escuros. Em vez de ir para lá, subiu as escadas para ver como os rapazes estavam se saindo.

Eles também estavam com a televisão ligada, mas, ao lado dela, havia dois monitores de circuito fechado para manter a vigilância sobre os portões externos. A sala estava abafada.

– O que estão cozinhando?

– *Pasta* com molho de tomate e pimenta, a especialidade de Di Nuccio.

– *Buon appetito!*

– Para o senhor também, comandante. Boa noite.

– Boa noite.

Passava já das nove horas. O comandante sentou-se à escrivaninha para escrever as ordens do dia, esperando não haver chamados inesperados para seus rapazes. Quando dois deles desceram para assumir a sala da guarda, foi para seus aposentos e acendeu a luz da cozinha. Pôs, também, uma panela com água para ferver e procurou no armário da esposa o vidro da conserva de tomates. Já completava quase oito horas desde a última refeição que fizera e o aroma do jantar de outras pessoas tinha aguçado seu apetite. Enquanto esperava a água ferver, os pensamentos dele vagaram pelos diversos jovens com quem lidara ao longo do dia, de uma maneira ou de outra. Primeiro, aqueles na casa de campo, um dos quais podia muito bem ter sido o amante de Hilde Vogel, de 48 anos; o garoto que tinha morrido drogado aos 18 anos, cujos pais desolados ele visitara rapidamente naquela noite; o rapaz que cuidava do negócio da família enquanto tentava estudar à noite para obter o diploma de arquitetura. Por fim, seus próprios rapazes, preparando o jantar no andar de cima, todos a centenas de quilômetros de seus lares e famílias. Era como se aqueles jovens vivessem em mundos completamente diferentes. Em especial aqueles na *villa*, cujo mundo o comandante não conseguia compreender de jeito nenhum.

Bem, havia dado o melhor de si, o dia seguinte era sua folga e, com alguma sorte, o capitão não teria mais trabalho para ele no caso Vogel. Este havia deixado um gosto ruim em sua boca. Ficaria feliz se não se envolvesse mais com aquilo. Mal sabia que, muito em breve, algo iria acontecer e fazê-lo ligar-se ainda mais profundamente e lhe causar tantas perturbações quanto nenhum outro caso anterior.

6

O problema com Guarnaccia, pensou o capitão Maestrangelo – enquanto seu chofer lutava contra o trânsito do meio-dia, ao levá-lo até um novo distrito industrial –, era que ele nunca falava muito sobre qualquer coisa. Apenas parecia transpirar inquietação ou suspeita. Era verdade que, assim que começasse a agir daquele jeito, perseguiria sua presa de maneira obstinada até rastreá-la, mesmo levando anos para isso acontecer. Mas eles não tinham anos, e sim um promotor-substituto bastante impertinente encarregado do caso, chamado Bandini. Este havia deixado claro que queria ação rápida. O capitão nunca gostou dele e certamente ele não era o tipo que apreciaria o estilo reflexivo do comandante. O carro parou em um cruzamento movimentado para deixar uma horda de garotos com túnicas negras atravessar a rua; saíam de alguma escola próxima, a caminho de casa.

Ficara tentado a telefonar para o comandante naquela manhã, assim que acabara de ler o relatório enviado por ele, mas pusera o fone de volta no gancho sem pedir o número. Afinal, era o dia de folga dele. O capitão sabia que estava pressionando muito seus homens. No fim, depois de comparar o relatório de Guarnaccia com os depoimentos do pessoal do hotel, decidiu sair sozinho.

O carro moveu-se novamente e uniu-se à fila no semáforo seguinte.

O problema é que eles tinham uma série de fatos peculiares, nenhum dos quais parecia ligar-se a outros. De acordo com o recepcionista do hotel, Hilde Vogel havia feito viagens periódicas ao exterior. Paris, Viena e Bruxelas eram alguns destinos de que se lembrava. Todos os inquilinos na *villa* eram jovens estrangeiros. Isso sugeria que ela podia tê-los encontrado nessas viagens e que os anúncios nos jornais, se existissem mesmo, eram uma farsa. O corretor em Greve não tinha sido capaz de dizer ao comandante local outra coisa, além de que tinha recebido e respondido aos interessados, e preparado os contratos.

Mas se ela, de fato, os tivesse encontrado daquela maneira, eles estariam pagando um aluguel tão caro? De modo algum este era fictício, o corretor assegurara aos *carbinieri*.

O carro agora estava seguindo por uma larga estrada com fábricas novas dos dois lados, entremeadas por postos de gasolina e altos blocos de apartamentos.

Apenas dois dos fatos que vieram à tona pareciam ter alguma coisa em comum. Cerca de um mês antes de morrer, Hilde Vogel tinha sido vista em um restaurante com um homem jovem e alto. E, mais ou menos no mesmo período, um homem alto a visitou no Hotel Riverside. Esses fatos não coincidiam com o assassinato, mas, ao menos, coincidiam um com o outro.

— À esquerda, eu acho — disse o chofer, repentinamente, interrompendo o raciocínio do capitão. — Lugarzinho feio, este aqui.

O carro parou ao lado de um bloco de apartamentos idêntico a todos os outros. O dia estava claro e ensolarado, mas o vento fresco soprava pedaços de papel ao longo da rua larga.

— Espere por mim aqui — disse-lhe o capitão, descendo do carro —, não deve levar mais que meia hora.

Subindo até o quinto andar em um elevador lotado, desejou de novo que o comandante estivesse ali. Ele era bom naquele tipo de coisa.

– *Signora* Querci?

A jovem que abriu a porta pareceu surpresa, a princípio, mas percebeu quase imediatamente por que ele estava ali.

– Eu acho que é com meu marido que o senhor quer falar.

– Sim. Espero que esteja acordado.

– Entre, por favor.

Uma garotinha tinha aparecido e encarava o capitão, o tempo todo agarrada à saia da mãe.

– Lamento perturbá-la em casa, mas é muito urgente.

– Tudo bem, nós acabamos de almoçar.

Apesar disso, ela o levou até a pequena cozinha, onde os pratos já tinham sido retirados da mesa e uma máquina de escrever ocupava agora seu lugar. A garotinha os seguiu e subiu em um banco na quina da mesa, onde estava um livro de exercícios e algumas canetas coloridas. O pequeno apartamento estava bem quente e um aroma de comida ainda pairava no ar.

– Eu datilografo um pouco, pelo dinheiro extra.

A jovem mulher tinha um rosto bonito, quase infantil, com seu nariz arrebitado demais, mas a silhueta rechonchuda, excessivamente larga nos quadris, sugeria que tinha mais de trinta anos.

– Meu marido voltará rápido. Ele sempre desce depois do almoço para comprar cigarros e tomar um café no bar. Eu nunca bebo café. Sente-se, por favor.

– Obrigado.

A garotinha continuava olhando-o de maneira fixa, mas, quando ele a fitou, ela desviou o olhar e começou a pintar ferozmente.

– Tenho certeza de que meu marido não vai demorar – repetiu a mulher, não sabendo o que mais dizer. Depois de um curto silêncio, de repente achou que fora rude e acrescentou: – Sinto muito, não posso nem mesmo oferecer um café ao senhor. Meu marido sempre vai ao bar, o senhor percebe, e eu não...

– Por favor, não se preocupe, já tomei café – mentiu o capitão, que não tinha conseguido nem almoçar. – O seu marido não dorme durante o dia?

– Só até a hora do almoço. Se não fosse assim, não teria vida alguma.

– Entendo. Deve ser muito difícil para a senhora, também.

– Difícil? O senhor nem imagina. Não é brincadeira ficar sozinha à noite em uma área como esta. Tenho bons vizinhos mas, mesmo assim, depois de oito anos, acho que já tive o suficiente...

Ela parou repentinamente e disse para a criança:

– Vá para a outra sala e faça seu dever de casa.

– Estou fazendo aqui.

– Faça o que estou dizendo. Vá agora.

A garotinha desceu do banco, pegou o livro e as canetas, dando uma última olhada no homem uniformizado quando saía.

– Eu já trabalhei em um hotel, também – continuou a mulher, assim que a porta se fechou. – Na verdade, foi assim que nos conhecemos, em Milão.

Ela parecia feliz por ter alguém com quem conversar, agora que sua timidez natural tinha passado.

– Eu estava sempre morta de cansaço e o pagamento não é algo do qual se possa contar vantagem. Se fosse por mim, ele sairia também e eu já disse isso a ele, mas ele não tem força de vontade.

O capitão lembrou-se da descrição de Guarnaccia sobre o porteiro noturno de fala mansa que parecia bastante satisfeito com o que tinha.

– Ele é um bom marido, não me entenda mal, mas trabalhar em um hotel não é o certo para ele. Daí, quando algo ruim como isso acontece, a pessoa é envolvida, tendo algo a ver ou não com a história. Ele devia ter mudado antes, quando deixamos Milão.

– Imagino que deva ser difícil conseguir outra coisa.

– De jeito nenhum, esse é o problema! Veja, meu pai tem um negócio, um mercado no centro. Eu nasci e fui criada lá, e com prazer ele o venderia para nós em prestações. Já passou da hora de ele se aposentar. Mas, para os homens, o orgulho sempre vem primeiro, até mesmo antes do bem da família, e Mario não quer nem ouvir falar disso até conseguir juntar dinheiro suficiente para uma entrada, como se meu pai estivesse lidando com qualquer outro comprador. Bom, o senhor pode imaginar o que é tentar economizar o salário de um porteiro da noite de um hotel! Estou no pé dele há anos, mas ele não cede... Shhh! É ele agora.

Enquanto a porta da frente se fechava silenciosamente, eles escutaram a voz da garotinha:

– Tem um *carabiniere* aqui! Posso entrar na cozinha com você?

– Não. Volte para o seu dever de casa, como uma boa menina.

– Você disse que me ajudaria. Você prometeu!

– E vou ajudá-la, é só um minuto. Agora, vá.

A porta da cozinha se abriu. Mario Querci parecia diferente, mais jovem com os *jeans* e o casaco que estava vestindo. O capitão o tinha visto apenas com o uniforme negro que usava no Riverside, quando em serviço.

– Lamento perturbá-lo em casa – começou o capitão.

– Tudo bem. Suponho que seja sobre a *signora* Vogel, novamente. Não, não se levante, eu me sento aqui.

A cozinha estava apertada, com os três adultos dentro. Ouvia-se uma discussão no apartamento ao lado.

– Disse ao comandante tudo o que sabia – falou Querci.

– Sim, entendo. Na verdade, é sobre algo que li em seu depoimento que quero lhe perguntar. Você disse que um homem esteve no hotel uma noite, para ver Hilde Vogel, há um mês.

– Correto. Mas eu falei que não podia me lembrar da data exata e não tenho como verificar isso, pois ele não era um hóspede.

– Compreendo. O que seria muito útil é uma descrição mais clara desse homem.

– Entendo, mas o problema é que tanta gente entra e sai do hotel.

– O que me interessa é a idade dele.

– Bem... Não sou bom em julgar a idade das pessoas, mas eu diria que ele passava dos cinquenta.

– Cinquenta...

O desapontamento do capitão deve ter ficado visível, porque Querci continuou:

– Eu lhe disse, não sou bom nisso. Posso ter errado em uns cinco anos, para mais ou para menos.

"Mas não em trinta anos!" Então eles estavam de volta ao começo, com uma porção de fatos sem conexão.

– Os cabelos eram grisalhos, tenho certeza – prosseguiu Querci, tentando ser útil.

– Está certo. Bem, obrigado. Lamento mais uma vez tê-lo incomodado.

O capitão levantou-se. Foi a *signora* Querci quem o levou até a porta. Do pequeno *hall* de entrada, ele pôde ver de relance o que devia ser a sala de estar. Havia um sofá e duas poltronas, mas as duas haviam sido empilhadas, uma sobre a outra de cabeça para baixo, e a sala transformada em um quarto para a garotinha, que estava deitada em uma cama de armar com seus livros e canetas coloridas.

Na porta, a *signora* Querci olhou por cima do ombro, como se estivesse querendo lhe dizer algo em particular, porém o apartamento era tão pequeno que seria possível ouvir cada palavra. Por fim, ele saiu para o corredor.

– Eu só queria dizer... O senhor não vai envolvê-lo mais do que o necessário, vai? A despeito do que eu disse, ele é um bom homem, apenas não tem tido sorte – ela parecia sinceramente perturbada, talvez um pouco envergonhada de si mesma. – Não devia ter falado como falei, mas há vezes... Fechada aqui o dia todo, espero que o senhor compreenda.

– *Signora*, por favor, não se preocupe. Ajuda muito se às vezes podemos desabafar com um estranho.

– É isso mesmo. Para um estranho, podemos dizer coisas que não dizemos normalmente.

"Mas não neste serviço", pensou o capitão, entrando no elevador. Ele ficou tentado a parar em Pitti por um momento, apenas para manter Guarnaccia atualizado, mas lembrou-se de novo que era o dia de folga do comandante e que, sem dúvida, ele tinha seus próprios problemas com que se preocupar.

– Não, não! Você não está me ouvindo. Pare de me interromper.

– Não estou interrompendo. Tudo que perguntei é se pode me ouvir!

– Não grite. É claro que posso ouvi-la.

Mas a esposa do comandante nunca se convencia, embora pudesse ouvi-lo com perfeição. Para piorar, a linha ficava sumindo por alguns segundos, de modo que ele às vezes perdia algo que ela falava, e por isso gritava ainda mais. Ele estava ficando com o rosto vermelho.

– O que estou dizendo é que os meninos precisam de mais espaço do que nós. Não estou falando de reordenar as camas no quarto deles, mas em dar nosso quarto a eles, porque é maior. Afinal, onde irão estudar? Podemos nos arranjar com menos espaço.

– Não sei por que você não pode esperar até chegarmos aí para decidir. Salva? Você consegue me ouvir?

– Porque será o caos. Estou tentando resolver as coisas.

– Preferia que você esperasse. De qualquer modo, por que não podem estudar na cozinha como sempre fizeram, onde posso ficar de olho neles?

– Com a televisão lá?

– Podemos mudar a televisão de lugar, há a sala de estar.

– Não é preciso gritar, eu posso...

– Espere até que eu chegue aí, vou resolver isso. Você fica telefonando, vai nos custar uma fortuna. Sabe que, quando instalamos o telefone, combinamos ligar uma vez por semana, como de costume.

Na verdade, ela ligava para ele tanto quanto antes. A cada vez, era um novo problema no qual não haviam pensado.

– Nesse caso, deixe os meninos com minha irmã, como sugerimos antes. E você vem primeiro para resolver as coisas.

– Fui eu quem sugeriu isso e você não concordou!

– Agora estou dizendo que sim. Afinal, você não vai me deixar fazer nada...

– Está certo... Falarei com Nunziata e verei se ela ainda está disponível. Você tem estado muito ocupado?

– Razoavelmente. Os problemas de sempre, com drogas – ele não desejava mencionar o caso Vogel, que esperava já ter finalizado.

– Oh, meu querido Salva... Estou começando a me preocupar com os meninos. Afinal, eles estão crescendo e não acontece esse tipo de coisas aqui, não como em Florença.
– Não podemos mudar de ideia agora. Você sabe que eu poderia esperar durante anos por um posto aí...
– Acho que sim...
– Não comece a se preocupar, eles vão ficar bem.

Mas ele mesmo passou o resto da noite preocupado e quase não dormiu. Cada vez que adormecia, tinha o mesmo sonho, e nele tentava confortar os pais do garoto morto pelas drogas, apenas para descobrir que era por seus próprios filhos que chorava, e que, na verdade, o filho deles estava lá. Então procurava por seus dois meninos por toda Florença, até se lembrar que estavam em Siracusa. Ficou aliviado ao se descobrir totalmente desperto bem antes de o alarme disparar; apesar disso, sentiu-se pesado e deprimido por toda a manhã e foi obrigado a gastar três horas com uma papelada tediosa, que não o ajudou em nada a distraí-lo. Quando uma distração real apareceu, ele tinha acabado de se sentar em sua poltrona para descansar após o almoço. E não foi essa a única razão para não ser bem-vinda.

– Estou com o capitão Maestrangelo na linha para você, comandante.

Se fosse sobre aquela tal da Vogel...

– Passe a ligação... Não, espere. Vou atender em meu escritório – e lá se foi seu cochilo. – Capitão?
– Preciso de sua ajuda no caso Vogel.
– Entendido. Algo aconteceu?
– Sim, aconteceu. Esta manhã o promotor-substituto deu permissão para os lacres serem removidos do quarto. O gerente fez um escarcéu e parecia não haver uma boa razão para recusar.

Os lacres foram removidos logo antes do almoço. Depois disso, a camareira subiu com o intuito de arrumar o quarto para o próximo ocupante. Não vou entrar em detalhes, pois você os ouvirá quando chegar lá. A questão é: alguém esteve lá e o revistou. Quero saber quem e por quê.

– Eu iria até lá – continuou –, mas tenho quatro homens seguindo um traficante miúdo que não vimos por aí antes, um marroquino. Acho que enfim estamos chegando a algum lugar e quero estar em constante contato com eles pelo rádio.

Era apenas parcialmente verdade. Esse caso das drogas não estava apenas tomando muito de seu tempo, mas também toda sua energia mental, por isso ficava difícil se concentrar em qualquer outra coisa. E ele também estava convencido de que Guarnaccia era a única pessoa capaz de farejar a verdade sobre Hilde Vogel.

O próprio comandante não tinha tanta convicção sobre isso. Ele desligou o telefone e começou a colocar o coldre, mal-humorado. O pior daquilo é que a protagonista desse episódio certamente seria aquela infeliz camareirazinha que apenas lia os horóscopos e que não via problema em mandá-lo cuidar da própria vida.

– Lorenzini! – ele enfiou a cabeça pela porta da sala da guarda.

– Comandante? Alguma coisa errada?

– Não... Não. Tudo sob controle?

– Bem tranquilo. O carro patrulha acabou de ser chamado até o Forte di Belvedere. Os moradores estão reclamando de um cheiro esquisito.

– Eles deviam ter chamado os *vigili*.*

– Já fizeram isso. Foram os próprios *vigili* que nos chamaram.

---

* Polícia municipal (N.T.)

– Bem, não entendo o porquê... que tipo de cheiro esquisito?
– Di Nuccio disse que é de queijo...
– *Queijo*? É tudo de que precisamos – ele estava procurando por seus óculos escuros, em um bolso após o outro. – Estou saindo.

Talvez para evitar que a camareira o irritasse e o confundisse, ele decidiu falar primeiro com o gerente, que estava nervoso, andando em círculos na recepção.

– Por favor, venha por aqui.
– Preferiria conversar aqui, se não houver problema para o senhor.

O comandante tinha uma sensação ainda não muito clara de que o *hall* da recepção seria a chave de toda aquela história, se ao menos conseguisse entender como.

E era óbvio que havia problema para o gerente. Ele preferiria manter o intruso uniformizado fora da vista de seus hóspedes, porém não teve como dizer isso. O comandante deu a volta e levantou a tampa de madeira para passar para trás do balcão. Sentou-se no banco do recepcionista e olhou à sua volta, em silêncio. Era quase certo que alguém tinha conseguido deixar o hotel vestido apenas com um casaco de pele. De onde ele estava sentado podia ver diretamente o salão do café da manhã, que não era dividido. Um pouco à esquerda, ficavam os elevadores, que tinham painéis de vidro na porta e, perto deles, o elevador de serviço e a escadaria larga e acarpetada em azul. À direita ficavam as portas giratórias da única saída. Um grupo de quatro turistas de meia-idade desceu do elevador e saiu, carregado de guias e câmeras.

– Onde está o recepcionista? – ele perguntou, após um momento.

— Em meu escritório, esperando com a camareira e a faxineira. Eu fiquei de olho nas coisas aqui. Presumi que o senhor ia querer falar com eles.

— Sim, quero.

Mas ele não se mexeu. Seus grandes olhos continuaram a mover-se lentamente sobre tudo à vista. A ideia de alguém tentar sair pelas portas giratórias com aquela carga desajeitada e o risco de esbarrar em alguém do lado de fora era absurda. Pelo elevador, então. Direto pela garagem onde um carro a esperava? Mas ele podia ver o interior dos dois elevadores, e o ruído de um deles descendo seria ouvido com perfeição nas primeiras horas da madrugada, quando o hotel estivesse em silêncio. Mario Querci, o porteiro da noite, insistia que não havia visto ou ouvido nada, embora estivesse sentado bem ali.

— Aonde ele vai — disse o comandante, quase para si mesmo —, quando quer ir ao banheiro?

— Perdão?

— O porteiro da noite. Ele não pode ficar sentado aqui a noite toda sem ir ao banheiro. Aonde ele vai?

— Entendo. Atrás de você, no mesmo corredor que leva à minha sala e ao escritório da contabilidade. Há um banheiro para os empregados entre os dois.

Ainda assim, ninguém que estivesse esperando nos andares de cima, para ter chance de sair com o corpo, teria como saber...

Depois de esperar com visível impaciência por mais alguns momentos, o gerente disse, sem rodeios:

— Eu não consigo ver o que isso tem a ver com...

— Quê? — o comandante o interrompeu, voltando a si repentinamente.

— Eu ia dizer que sua pergunta não parece ter muito a ver com o que acabou de acontecer.

Pelo menos, eles podiam enviar alguém um pouquinho mais inteligente para cuidar das coisas!

— Não... — o comandante admitiu devagar — Provavelmente, não...

Pela primeira vez ele, fitou atentamente o gerente, que havia permanecido do outro lado do balcão e o estava olhando, visivelmente agitado. Era um homem grande e de aparência distinta, com cabelos cinzentos e olhos penetrantes.

— O senhor é do norte? — foi mais uma observação que uma pergunta.

— De Milão.

— Correto. O capitão Maestrangelo mencionou isso... E o proprietário deste hotel...

— Também é milanês e tem outro hotel lá. O senhor gostaria de ir até o meu escritório ou pretende interrogar minha equipe aqui? Devo frisar que, em consideração aos meus hóspedes...

— Tudo bem — disse o comandante, com calma —, conversarei com eles em sua sala, se é assim que o senhor prefere. E me ocorreu agora, o que aconteceu com o cachorro?

— O cachorro? Ah, o cachorro da *signora* Vogel. Foi sacrificado.

A conversa animada, que se ouviu quando o gerente abriu a porta do escritório, cessou abruptamente à vista da volumosa silhueta uniformizada por trás dele.

— Falarei com a camareira primeiro — disse o comandante, com um suspiro quase audível. Ele esperou a porta se fechar atrás dos outros, antes de se sentar na cadeira giratória do gerente e encarar a garota com um olhar que a desafiava a ser impertinente. Mas ele não precisava ter se incomodado com isso. Ela era uma criatura insignificante, com o rosto magro e sem cor; muito nervosa, torcia mechas de cabelos negros que tinham escapado de um elástico.

— Aquilo deu um baita susto em você, não deu? – perguntou o comandante, após observá-la por alguns segundos.

— Devo dizer que sim. Gino disse que eu poderia ter sido facilmente atacada, até mesmo morta.

— Gino disse isso, é? Mas você não viu quem era?

— Não.

— Então não acho que precise se preocupar. Conte-me o que aconteceu, desde o início, e não deixe nada de fora, mesmo coisas sem importância.

— Bom, alguém veio nesta manhã, logo antes do almoço, para dizer ao gerente que podia usar o quarto da *signora* Vogel novamente. Eram dois homens e eles tiraram os lacres do quarto.

— Você saberia o horário exato?

— Não exatamente, mas já devia ser quase meio-dia, porque ainda estavam lá quando desci até a cozinha para o almoço.

— Você almoça com seu amigo Gino?

— Não, ele tem de comer às onze horas porque serve as mesas. Depois disso saí e tomei um café.

— Com quem?

— Com minha mãe. Ela é servente em uma escola aqui perto e sempre tomamos café juntas quando ela sai.

— Sempre no mesmo lugar?

— Quase sempre. É o único lugar por aqui aonde os turistas não vão e onde você não tem de pagar um extra para se sentar.

– E você contou para sua mãe sobre os lacres retirados do quarto?

– É claro que sim. Ninguém disse que eu não devia fazer isso!

– Tudo bem, tudo bem. Contou a mais alguém?

– Não vi mais ninguém e todo mundo aqui sabia. Estavam fazendo piadas relacionados a uma maldição sobre o quarto. O gerente ficou irritado, acho que ficou com medo dos hóspedes ouvirem algo.

– O que aconteceu quando voltou ao trabalho?

– O gerente me disse para aprontar o quarto e fui até o estoque de roupas de cama pegar lençóis e toalhas.

– Havia alguém no quarto quando você chegou?

– Não, ou melhor, sim. Eu não vi ninguém, mas mesmo assim...

– Descreva o que aconteceu quando você entrou.

– Fui direto pela sala de estar até o quarto e pus os lençóis e outras coisas sobre a cama. Foi quando notei que uma das gavetas da penteadeira estava ligeiramente aberta. Chamei por Dina, que estava no banheiro. Quer dizer, pensei que era ela que estava lá. Imagine se eu tivesse entrado e...

– Por que pensou que era a faxineira?

– Eu a ouvi. Ou, pelo menos, ouvi o ruído de alguém se movendo lá, e o balde dela estava segurando a porta do banheiro.

– Como você a chamou?

– Não me lembro... Algo sobre ela estar brincando com os *carabinieri*... – a garota ficou vermelha. – Pensei que ela estivesse xeretando no quarto da *signora* Vogel por causa da gaveta.

– Entendo. E ninguém respondeu, suponho?

– Não esperei por uma resposta. Comecei a colocar uma fronha, percebi que uma das costuras estava aberta e fui apanhar outra. Foi quando encontrei Dina saindo do estoque, onde guardam sabão e outras coisas, com uma garrafa de álcool na mão.

— Onde é esse estoque?

— No quinto andar, perto do estoque de roupas de cama.

— E o quarto da *signora* Vogel é no terceiro, correto?

— Sim, então não podia ser Dina quem estava lá, podia? Contei-lhe que tinha ouvido alguém e ela disse que devíamos chamar o gerente.

— Você não entrou direto no quarto para verificar se alguém ainda estava lá?

— De jeito nenhum! Nós mandamos chamar o gerente e ele foi. Gino disse que agi certo. Ele diz...

— Não se preocupe com Gino por um momento — elas certamente deram ao invasor tempo suficiente para escapar, mas ele não tinha como culpá-las. — Vocês têm certeza de que nada foi tocado no quarto, com exceção da gaveta da penteadeira?

— O gerente depois disse que a porta do guarda-roupa estava um pouco aberta também, mas eu não tinha percebido isso.

— Tudo bem, pode ir. Mande a faxineira entrar.

A faxineira, uma mulher gorducha, com cerca de cinquenta anos, confirmou tudo o que a camareira dissera e declarou com firmeza não ter nada a acrescentar. O comandante levou quase meia hora até fazê-la admitir que os cinco minutos, em que ela alegava ter estado longe do quarto para buscar álcool, estavam mais para quinze. Ela conseguira parar para um café com uma amiga lá embaixo, na cozinha, antes de ir até o estoque, no quinto andar.

Com o recepcionista foi a mesma história da noite do assassinato. Ele tinha ficado em seu posto o tempo todo e não tinha visto ninguém sair pelas escadas ou elevadores.

– Nem uma alma. Nesse horário, os hóspedes que almoçam aqui estão no salão. Os que comem fora ao meio-dia não voltam até a noite ou voltam para um descanso à tarde, mas não tão cedo. É meu horário mais tranquilo do dia.

– A que horas você almoça?

– Meio-dia. O gerente assume em meu lugar, normalmente. Ele nunca almoça antes das 2h30 da tarde, quando todos os hóspedes já terminaram.

– Você falou com algum dos hóspedes sobre o negócio dos lacres?

– Absolutamente não. O gerente nos proibiu de falar sobre isso. Aquela mulher horrível já nos trouxe problemas demais, sem...

– Você ficou sozinho em seu posto o tempo todo?

– É claro.

– Tem certeza de que não estava distraído, conversando com ninguém?

– Não! Isto é, Querci, o porteiro da noite, apareceu para pegar os sapatos, mas juro que não ficou conversando comigo por mais que um minuto.

– Por quê? você não gosta dele?

– Ele é bom. Calmo, cuida da própria vida. Não posso dizer que tenho algo contra ele.

"Uma raridade", pensou o comandante.

– Ele aparece à tarde com frequência?

– Não, apenas muito ocasionalmente. Mas ele tinha de pegar os sapatos, os que usamos em serviço aqui no hotel, para levá-los ao sapateiro. Havia esquecido de levá-los de manhã, quando saiu.

– Ele troca de sapatos antes de ir para casa?

– Todos nós fazemos isso, é regra da casa. Nós temos sapatos leves e especiais para usarmos no trabalho.

– E como você pode ter certeza de que ninguém entrou aqui quando conversava com ele?

– Estou disposto a jurar sobre a Bíblia! Ele pegou os sapatos e saiu. *Ninguém* poderia ter passado sem que eu notasse.

– Exceto outros membros da equipe.

– Não entendi.

– Não perceberia se algum outro membro da equipe passasse por você.

– Suponho que não... mas não foi isso que o senhor me perguntou.

– Perguntei se alguém havia passado por você até a escada ou os elevadores. Que tal o gerente, por exemplo?

– Bom, se o senhor coloca dessa maneira... Ele pode ter feito isso...

– Onde ele estava, por exemplo, quando a camareira e a faxineira mandaram chamá-lo?

– Estava acabando de sair do elevador. Eu o chamei...

– Exatamente.

O comandante olhou para ele e sacudiu a cabeça.

– Ouça... Espero não ter que aparecer no tribunal para falar sobre este assunto. Fiz o melhor para responder às suas perguntas, mas o senhor me confundiu!

O comandante o encarou, furioso.

– Você pode ir. Diga ao gerente que vou usar o telefone dele e que não quero ser perturbado.

Ele discou um número, resmungando para si mesmo.

– Capitão? Aqui é Guarnaccia... Sim, acabei há pouco. Não, nada concreto, porém há algumas coisas que eu queria que fossem verificadas. Não sei se o senhor acabou de investigar o passado da equipe... Não, eu não estou pensando em nada tão definitivo quanto nossas ideias anteriores, mas acho que uma ligação para nosso pessoal em Milão pode ser uma boa ideia... Isso, o outro hotel. Quando o senhor tiver alguma informação, poderemos agir. Apesar disso, há muita coisa faltando. Sabemos muito pouco sobre a mulher e sobre em que estava envolvida. E eu ainda não estou feliz com o que está acontecendo naquela *villa*. Todos aqueles jovens... De qualquer modo, vou enviar meu relatório... Quê? O promotor-substituto? Não sei o que, de mais concreto, o senhor pode dizer a ele. Espere... Diga-lhe que precisaremos do quarto lacrado de novo, pelo menos até termos respostas de Milão. O gerente aqui vai ficar vermelho de raiva, porém não posso evitar isso. Esperarei aqui até isso ser feito, assim não acontecerão mais coisas estranhas. Mas espero que não demorem, eu quero voltar à Pitti.

Quando ele retornou, os dois rapazes em serviço o aguardavam ansiosos.

– O senhor está sendo esperado no Forte di Belvedere, comandante. Lorenzini já está lá. Encontraram um corpo e ele acha que, talvez, seja outra morte causada por drogas.

O comandante, que tinha começado a tirar o coldre, o afivelou de novo e saiu sem uma palavra.

Lorenzini saiu do grupo que estava em pé ao lado de alguns arbustos embaraçados, na inclinada e estreita alameda que corria ao longo do muro da cidade até o forte.

– Eu vou voltar se o senhor puder assumir aqui – ele parecia doente.

– É uma overdose?

– É provável que sim. Este é um lugar popular para se drogar. O legista está dando uma olhada agora.

– Tudo bem, pode ir.

O legista estava saindo dos arbustos quando o comandante se juntou ao grupo. As pessoas estavam olhando pelas janelas de suas casas, no lado esquerdo da alameda. O fotógrafo já tinha ido embora, mas o *vigile* ainda estava lá com um magistrado que o comandante não conhecia. O *vigile* era jovem, parecia tão doente quanto Lorenzini; e o cheiro vindo dos arbustos era muito forte e, definitivamente, parecia de queijo. Uma ambulância estava esperando um pouco mais acima, na alameda. O comandante aguardava impassível por trás de seus óculos escuros, enquanto o legista falava com o magistrado.

– É uma pena o corpo todo não ter ficado submerso na vala. Com a cabeça para fora da água, os ratos não deixaram nada para identificarmos. Como o senhor pode julgar pelo cheiro, o corpo está saponificado,* então esteve naquele lugar úmido e quente por, pelo menos, uns quarenta dias; mais provavelmente algo em torno de dois meses. Eu diria que é um jovem, mas estou julgando mais pelas roupas que por outra coisa. Se o senhor já quiser removê-lo...

O magistrado acenou para dois carregadores que esperavam a distância, fumando. O comandante, ainda em silêncio, os seguiu para trás dos arbustos e olhou para a vala, onde as solas dos tênis de ginástica foram a primeira coisa que viu

---

* A saponificação é um fenômeno conservador e ocorre quando o corpo é sepultado em ambiente úmido, pantanoso. O solo argiloso, poroso, impermeável ou pouco permeável, quando saturado de água, facilita a saponificação (N.T.).

na água. A nascente borbulhava além do corpo, carregando folhas mortas e restos de lixo.

Mesmo com todo o cuidado para mover o cadáver – que estava pesado pela absorção de água –, a cabeça, mais leve por estar reduzida apenas aos ossos, separou-se e teve de ser levada à parte. Uma das mãos pálidas e amareladas tinha uma espécie de bracelete, feito de couro trançado.

O *vigile* ligou o radiotransmissor e começou a falar. A ambulância foi embora e alguns dos vizinhos que observavam fecharam suas janelas.

E o comandante ainda não tinha dito uma palavra sequer.

7

— Nós achamos que ele suspeita estar sendo seguido.

— Nós temos certeza que sim...

— Mesmo assim, ficamos na cola dele e quando ele se encontrar com os outros dois...

— Espere! Antes disso, ele foi a um bar e foi lá que consegui chegar perto...

— Um de cada vez — sugeriu o capitão. Seus quatro rapazes à paisana haviam irrompido no escritório às seis horas da tarde e empilharam os rádios na escrivaninha, sem fôlego e querendo falar todos de uma vez, de modo que ele quase sempre tinha de interrompê-los.

— Onde ele se encontrou com os outros dois?

— Do outro lado do Ponte Vecchio, sob o túnel.

— Vocês poderiam reconhecê-los de novo?

— Fácil! Especialmente a garota, ela tinha um par de... Perdão, senhor... ela vestia um suéter muito decotado.

Esses rapazes trabalhavam com o capitão há apenas alguns meses, estavam explodindo de entusiasmo e tinham a energia e resistência que aquele tipo de função exigia. Mas eram muito jovens e não tinham experiência. Era sempre o mesmo problema. Homens com a experiência desejável não tinham aquela energia incansável e não conseguiam se infiltrar nas gangues de viciados como os rapazes.

– Por qual razão acham que ele desconfia que está sendo seguido?

– Porque, quando os três se encontraram e foram em direção à estação, caminharam em fila indiana separados por uma longa distância.

Então, naquele caso, ele sabia mesmo. Mas, provavelmente, porque tinha ouvido alguma coisa. Era improvável ter identificado os quatro rapazes que, para o mundo todo, pareciam um bando descuidado de ladrões de bolsas na caça aos pertences de turistas, e que lhes pagariam a próxima dose.

– Vocês conseguiram comer alguma coisa?

– Não até três da tarde e, mesmo assim, foi só um sanduíche. Pode apostar, ele não tomou o café da manhã às sete da manhã, como nós!

– Nesse caso, vão e comam agora, e depois voltem aqui, quero passar as instruções para amanhã.

– Vamos segui-lo amanhã também?

– Não. Duvido que ele os tenha identificado, mas, se suspeita estar sendo seguido, não vai se encontrar com o traficante. E *esse* é o homem que queremos. Vamos deixá-lo em paz por alguns dias e trabalhar com os informantes. Vou colocá-los em outro caso.

Vendo o entusiasmo desaparecer e suas expressões abatidas, como se ele os estivesse punindo, o capitão acrescentou:

– Fizeram um bom trabalho, mas não posso correr o risco de ele os reconhecer. Terei de tirá-los do caso em definitivo. No momento, estou transferindo vocês para o caso Vogel por dois ou três dias.

– O caso daquela estrangeira no casaco de pele?

O desapontamento deles continuava evidente. Ao saírem, um deles virou-se e disse:

– Ouvimos dizer que outro garoto foi encontrado morto ontem, perto do forte. O senhor acha que é outra morte por drogas adulteradas, ligada a esse caso?

Não seria fácil transferir a atenção deles.

– Não – disse o capitão. – A julgar pelas conclusões preliminares do legista, aconteceu há muito tempo. Apressem-se e consigam alguma coisa para comer.

Depois que saíram, o capitão pegou o telefone:

– Ligue para o comandante Guarnaccia na Stazione Pitti.

A primeira coisa que o comandante perguntou foi se o capitão tinha recebido o relatório.

– Estou com ele aqui. Parece que foi outra morte por drogas, mas possivelmente por uma overdose, nada a ver com o caso que estamos investigando no momento, já que, de acordo com o legista, aconteceu há algum tempo.

– Sim, algum tempo atrás...

– Ele não estaria ali se drogando sozinho e, por não ter documentos, é provável que seus amigos tenham se livrado deles antes de abandoná-lo, para não serem intimados como testemunhas.

– Espero que sim.

– Bem, veremos o que a autópsia vai nos dizer. Eu telefonei para passar as últimas informações do caso Vogel, o advogado retornou minha ligação. O banco dela em Florença era o Steinhauslin. Ela tinha uma conta no exterior lá e enviava cheques uma vez por mês para um banco em Mainz, na Alemanha, para uma conta em nome de H. Vogel.

– Enviava dinheiro para si mesma?

– É o que parece. E mais, os cheques creditados, fora os relativos ao aluguel da *villa*, eram sempre de um banco em Genebra e, definitivamente, eram transferências da própria conta dela lá.

O comandante, que nunca teve dinheiro algum além do seu soldo do exército,* não entendeu aquilo.

– Informei ao promotor-substituto e agora estamos esperando para ver se o advogado consegue mais alguma coisa útil na Alemanha. Não temos mais informações pessoais sobre a mulher e, no que se refere a encontrar testemunhas, estamos num beco sem saída. Ninguém viu o corpo sendo jogado no rio.

– Poderia ter acontecido mais na parte de cima do rio, onde não há casas?

– Não. A julgar pela hora da morte e pela lentidão do rio, que estava muito baixo, ela certamente foi jogada de uma das pontes do centro da cidade, talvez da mais próxima do hotel.

– Entendo.

– Existem teorias alternativas, mas nenhuma delas pode, de fato, ser considerada factível. Se foi morta em um carro, em algum ponto de encontro de namorados deserto, teria de ter acontecido a algumas horas de carro de Florença, para justificar o tempo que ela ficou na mesma posição após a morte. Ninguém se arriscaria a dirigir tanto com um cadáver no carro para, então, tentar se livrar dele no centro da cidade, quando poderia tê-lo largado na vala mais próxima.

– Não...

---

* Os *carabinieri* fazem parte do exército italiano.

– Parece certo que ela tenha sido morta no próprio quarto e mantida lá até o início da madrugada, quando haveria pouco risco de alguém ver o corpo ser removido.

– Sim... Embora alguém possa ter tentado nos fazer pensar isso...

– Dificilmente valeria o risco.

– Suponho que não... Eu estava pensando na *villa* e no garoto do restaurante.

– Nada disso necessariamente está ligado ao assassinato.

– Não. O senhor conseguiu algo de Milão?

– Mais ou menos. Houve um incidente no outro hotel pertencente ao mesmo proprietário, como você sugeriu. Porém, não deu em nada. Na verdade, nosso pessoal teve dificuldades em investigar isso, pois não houve uma queixa oficial. No fim, eles conseguiram as informações com um garçom aposentado, vou lhe enviar os detalhes. Falando de maneira objetiva, não tem relação direta com este caso, não pode ser chamado de prova.

– O senhor decidiu o que fazer?

– O promotor-substituto dará a ordem para os lacres serem removidos amanhã à noite. Quem quer que tenha entrado lá, foi surpreendido na última vez e provavelmente não achou o que queria. Posso estar errado, é claro, mas vale a pena tentar. Se ele voltar, estaremos esperando.

– Compreendo – o comandante pigarreou e esperou.

– Há alguma outra coisa importante?

O comandante pigarreou de novo, antes de dizer, bem devagar:

– Aquele garoto...

– O do restaurante?

– Não, não... O que encontramos ontem.

Foi apenas neste momento que o capitão percebeu que o comandante o escutava por dever da hierarquia. Se ele tivesse dito "aquela estrangeira no casaco de pele", como os rapazes, não teria sido mais claro. Ordens são ordens e sempre são obedecidas, mas não era essa a maneira de conseguir o melhor das pessoas em um trabalho como esse. Apenas na manhã anterior, ele havia sentido que Guarnaccia estava começando a se mover em seu lento e inexorável caminho em direção a quem tivesse assassinado Hilde Vogel. Agora, por causa de um viciado, ele o havia perdido, estava sozinho de novo. Apesar disso, tudo o que perguntou em seguida foi se o comandante achava que sabia quem era.

– Não, eu não faço ideia... Não é isso. Mas o médico disse que ele pode estar morto há dois meses.

– Foi isso que entendi.

– E que provavelmente era muito jovem, um adolescente.

– É mais que provável.

– Dois meses... E ninguém... Ele deve ter parentes em algum lugar.

– Havia um artigo no jornal desta manhã que pode remeter algo, embora você deva se recordar de que, no caso Vogel, não deu em nada.

Mas o comandante não era fácil de se distrair.

– Mas esse é um menino, praticamente uma criança. Por que em dois meses ninguém apareceu procurando por ele? Onde está a mãe dele?

– Lembre-se de que muitos dos jovens viciados que vagam por Florença não são daqui e que não são do tipo que escrevem para os pais todas as semanas. Sem dúvida, estes não têm ideia de onde o rapaz esteve por algum tempo e não suspeitariam que alguma coisa tivesse acontecido com ele.

Como o comandante não respondia, ele disse:

– Você ainda está aí? Ele pode ser um estrangeiro, você sabe. Lembre-se dos rapazes na *villa*...

Mas o comandante não mordeu a isca.

– Começarei a checar com os consulados pela manhã – ele disse –, no primeiro horário.

O capitão desistiu e desligou.

O comandante manteve sua palavra, e um sol pálido mal havia aparecido sobre os telhados no dia seguinte quando ele saiu em seu pequeno Fiat. Era o horário mais cheio da manhã, quando as pessoas se apressavam para o trabalho e grupos de crianças bloqueavam as calçadas estreitas, tagarelando e gritando até que a primeira campainha soasse, fazendo-as correr para o pátio interno da escola. Embora ainda estivesse bem quente durante o dia, havia uma névoa gélida nesse horário e a maior parte das pessoas trajava impermeáveis verdes. Por fim, havia poucos turistas nas ruas, os cafés tinham recolhido as mesas e o movimento era mais rápido e ruidoso, agora que os florentinos haviam retornado para assumir sua cidade.

Havia algo, pensou o comandante, enquanto multidões de jovens sobre motonetas desviavam e serpenteavam em volta de seu carro, que sua esposa lhe dissera para fazer de manhã. Ela tinha telefonado ainda mais uma vez na noite anterior. Fosse o que fosse, teria de esperar. Ele estacionou o mais próximo do consulado britânico que conseguiu, caminhou ao longo da calçada movimentada e subiu as escadas de mármore claro até o primeiro andar. Ficou lá por cerca de quinze minutos e foi embora, sem ter conseguido nada, e dobrou a esquina até o consulado francês na Via Tornabuoni. Todas as visitas foram mais ou menos do mesmo jeito. A primeira coisa que fizeram foi levá-lo até o quadro de avisos, onde fotos de pessoas desaparecidas, que se acreditava estarem em Florença, eram afixadas. Em todas as vezes, ele teve de explicar que uma fotografia não o ajudaria, pois o garoto não tinha mais rosto. A altura, cor dos cabelos e idade poderiam ajudar. Mostraram-lhe dois garotos que tinham desaparecido três anos antes, aos dezesseis anos de idade. Um tinha cabelos negros e o outro era ruivo. O que estavam fazendo em férias, sem as famílias e naquela idade? Havia um marido que desapareceu em um passeio de ônibus; a esposa enviou uma foto dele sentado em uma espreguiçadeira, em um pequeno jardim suburbano. A manhã foi embora e o comandante, arrastando-se pelas ruas sob o sol ameno, começou a imaginar se era a mesma coisa em todo lugar ou se apenas a Itália atraía fugitivos do resto da Europa.

À uma hora, voltou ao carro, bateu a porta três vezes porque ela nunca fechava e retornou para seu posto policial durante o *rush* da hora do almoço. Estava pensativo e confuso e, quando Lorenzini o saudou, dizendo que sua esposa tinha ligado, apenas resmungou: "Ligo para ela depois do almoço", e foi ao quarto para meditar em paz sobre tudo aquilo.

Apareceu duas horas depois, anunciou que estava saindo de novo e foi embora no carro, o rosto carregado e sem expressão por trás dos óculos escuros.

Demorou muito tempo. Quando retornou, automaticamente abriu a porta da sala da guarda para ver se tudo estava em ordem, mas não falou com os rapazes, apenas os olhou de maneira meio vaga e depois a fechou de novo. No escritório, sentou-se vagarosamente diante da escrivaninha e esperou um momento, com as grandes mãos nos joelhos. Respirava pesadamente, como se estivesse perturbado, e olhou para o relógio, que mostrava cinco minutos para as seis. Então olhou para o telefone e estendeu a mão; porém, em vez de pegar o fone, ligou a luminária da escrivaninha, porque a luz do dia já estava sumindo.

Depois de continuar sentado por mais um tempo, resmungou para si mesmo: "Eu não sei...", e bufou.

Por um longo tempo, olhou de maneira fixa, com seus olhos grandes e um pouco saltados, a parede oposta, onde estava um mapa do centro da cidade, que mostrava sua região contornada em vermelho.

Quando Lorenzini o procurou, meia hora depois, ele estava laboriosamente preenchendo as ordens do dia seguinte e parecia mal-humorado.

O capitão estava em dúvida, se iria ou não para a cama. Não havia dormido o suficiente naquela semana e, já que eram apenas dez horas da noite, era provável que nada acontecesse por pelo menos duas ou três horas – *se* acontecesse. Dois de seus rapazes à paisana, adequadamente limpos e bem-vestidos, haviam sido instalados no Hotel Riverside, no terceiro andar. Ninguém os conhecia, pois não estavam naquele caso até agora. Todo o trabalho consistiria em ficar acordado e ouvir. Se o suspeito aparecesse, não teriam dificuldade em apanhá-lo. Tudo o que o capitão tinha de fazer era esperar, e não havia nada que o impedisse de dormir um pouco nesse meio-tempo. Talvez ele teria feito isso se não fosse por aquele jovem e impaciente promotor-substituto, noite e dia em seu encalço. Maestrangelo estava acostumado a esperar com paciência e ele confiava em seus rapazes, mas ficar sempre sob pressão deixava-o nervoso. Se fosse para a cama, não conseguiria dormir. O substituto tinha até mesmo insistido para essa operação começar na noite anterior.

– Não vejo nenhuma boa razão para perder outro dia. Como está, este caso está se arrastando demais e devo dizer que sua linha de investigação atual não produziu muito.

O capitão mal teve como frisar que a linha de investigação foi ordenada pelo próprio promotor-substituto, que estava ocupado demais com um caso mais chamativo para a imprensa nos tribunais, para dar muita atenção a este. Explicou-lhe, com calma, que não houve um quarto disponível naquele andar até aquele dia e mesmo se houvesse, teria sido muito estranho aplicar e remover os lacres no mesmo dia, sem nem mesmo dar tempo para que o gerente fizesse seu advogado telefonar para a promotoria reclamando.

– Espero que saia alguma coisa daí – foi o tiro final do substituto.

E se não saísse nada?

Bem, eles chegariam lá, no final. Apenas levariam mais tempo e o promotor-substituto se tornaria ainda mais um estorvo do que já estava sendo.

O capitão decidiu não se deitar. Preencheu algumas horas com uma papelada, para a qual não teria tempo no dia seguinte se a operação fosse um sucesso.

Depois levantou-se para esticar as pernas e olhou pela janela para a rua iluminada logo abaixo. Uma fila de carros de patrulha estava saindo do edifício, quando o turno da meia-noite dos *radiomobile** entrou em serviço. Ainda havia muito tráfego nas ruas, mas poucos pedestres. Um pequeno grupo de pessoas parou para discutir alguma coisa logo abaixo da janela, antes de desaparecer pela entrada principal, sem dúvida para registrar alguma queixa. A qualquer momento, alguma coisa poderia acontecer no Riverside. Independentemente do que o invasor estivesse procurando, devia ser algo bem incriminador para valer tal risco. E ele devia saber, com certeza, que não tinha sido encontrado pelos homens do capitão, senão teria sido interrogado sobre aquilo, ou até mesmo preso. O capitão estava convencido de que ele não sabia onde estava escondido o que procurava. Se soubesse, não teria aberto a gaveta da penteadeira e o guarda-roupa.

Assim que se sentou de novo, o telefone tocou.

— Sim?

— O comandante Guarnaccia para o senhor, capitão.

— Passe-o para mim.

O que ele poderia querer a esta hora?

Certamente, não podia ser outra morte por drogas?

— Capitão?

— Pronto.

---

* Radiopatrulha (N.T.).

– Disseram-me que o senhor ainda estava em seu escritório, senão, teria deixado um recado para amanhã.

– Aconteceu alguma coisa?

– Não, nada. Há alguém com o senhor?

– Não, ninguém.

– Mesmo assim, acho que posso esperar até amanhã. Imagino que o senhor deva estar ocupado, ou não estaria em seu escritório até esta hora...

Quando o capitão lhe explicou o que estava acontecendo, ele disse:

– Nesse caso, irei até aí agora mesmo, se o senhor não se importar. É sobre o caso Vogel...

E, com um pigarro e um resmungo incompreensível, ele desligou.

Perplexo, o capitão levantou-se de novo e parou em frente à janela. Havia se enganado. Ainda podia jurar que Guarnaccia seguira outro rastro por conta própria e abandonado o caso Vogel. Se fosse isso, então alguma coisa o tinha feito mudar de direção novamente. Talvez os pais do garoto morto tivessem aparecido. Bem, logo saberia, já que o pequeno Fiat branco do comandante veio rateando pelo Borgo Ognissanti e cruzou o portão. O capitão sentou-se para esperá-lo.

O problema é que assim que Guarnaccia entrou e sentou-se no lado oposto da escrivaninha, ficou evidente que ele não sabia por onde começar.

– Não sei por onde começar, para dizer a verdade... – o comandante fixou o olhar nos próprios joelhos.

– Comece pelo início – sugeriu o capitão, imaginando o que de tão complicado ele tinha a dizer.

– É difícil de explicar com exatidão...

Porque, para o comandante, não havia início. Havia pessoas e um certo número de imagens gravadas na mente dele. Um par de tênis de ginástica saindo de uma vala, com a água borbulhando em volta e carregando folhas caídas; a embolorada e negligenciada *villa*; todas aquelas fotos de jovens desaparecidos, afixadas nos quadros de avisos dos consulados e a simpática mulher no apartamento todo arrumado, cozinhando, enquanto dizia: "Talvez porque eu tenho um filho daquela idade...".

E, para falar a verdade, o que mais estava afligindo sua cabeça era que, há uma hora, ele havia se lembrado do que sua esposa lhe pedira para fazer naquela manhã. Deveria ter atravessado até a escola de ensino médio na Piazza Pitti e matriculado seus dois garotos lá. Em vez disso, passou o dia inteiro condenando interiormente os pais relapsos. Isso, no fim, o fez decidir ligar para o capitão. Estava tão cheio de remorso por sua própria estupidez, que precisava da confirmação do capitão sobre a importância do que fizera o dia todo. Do contrário, teria esperado até poder organizar sentimentos e suspeitas em algo que se assemelhasse a uma ordem lógica.

Agora estava sentado ali com uma confusão de imagens na cabeça e o capitão esperando pacientemente na frente dele. Com um supremo esforço de vontade, ergueu os olhos para fixá-los nos de seu oficial superior e começou a história pelo meio.

– Esta tarde fui ao Instituto Médico Legal.

Como o capitão não respondeu e apenas o olhou interrogativamente, ele continuou, algumas vezes deixando seus grandes olhos vagar pelo espaçoso escritório, às vezes olhando para os joelhos e, de vez em quando, olhando para o rosto do capitão e imaginando que tipo de impressão estava causando – ou não.

Afinal, não havia nada que pudesse ser considerado concreto. Ele foi até o Instituto Médico Legal sem ter uma ideia clara do porquê. Apenas sentiu necessidade de ver o garoto sem rosto de novo, chegar mais perto dele. Ainda assim, quando a ideia ganhou forma, parecia que ela estivera ali o tempo todo.

O professor Forli sempre foi um conversador disposto e, embora ainda não tivesse começado a trabalhar na autópsia, ele mesmo acompanhou o comandante. Entreolharam-se, cada um de um lado do corpo que jazia em sua gaveta refrigerada.

– Nós armazenamos partes desmembradas separadamente – explicou-lhe o professor quando puxou a gaveta –, mas, já que não há quase nada para ver dos ombros para cima, imaginei que o senhor não estaria interessado.

– Não, não...

– Se o cheiro for forte demais para o senhor, eu posso arranjar-lhe uma máscara.

O próprio professor parecia imune àquilo.

– Não importa – disse o comandante, que, de qualquer maneira, estava preocupado demais para ficar consciente do cheiro de queijo rançoso. Olhou atentamente para o que restara do garoto, vendo as acusadoras marcas de agulha nos braços amarelados.

– Ele era muito magro – murmurou após um momento.

– A maioria dos viciados é assim. Embora este talvez não o tenha sido por muito tempo, não há cicatrizes nas coxas. Provavelmente vou começar a trabalhar nele amanhã, se nada mais urgente aparecer nesse meio-tempo. O problema com o cadáver saponificado é que, uma vez seco, torna-se muito frágil e quebradiço. Por isso, quanto mais cedo eu começar, melhor. No entanto, posso dizer que ele estará uma bagunça por dentro e que não poderei dizer muita coisa.

– Mas se ele está tão bem preservado...

– O processo trabalha de fora para dentro, ajudando no caso de marcas superficiais como essas cicatrizes de agulhas. Mas não será de nenhuma ajuda se o senhor está interessado no que ele comeu pela última vez, qual o estado da saúde dele e assim por diante.

– E a causa da morte?

– Será uma questão de sorte – o professor deu de ombros. – Neste caso, temos diante de nós provas de que ele era um viciado. Adicione a isso o fato de ele ter sido encontrado em uma área popular entre os viciados e a falta de documentos, o que sugere uma overdose. Que os amigos dele iriam abandonar o corpo já é uma suposição natural. Porém, não posso provar nada disso para o senhor. Não restou nada do fígado para ser analisado e também o sangue terá se decomposto. Não sobrou carne no pescoço e no rosto, por exemplo. E se alguém o estrangulou como a mulher do casaco de pele? É improvável, mas não tenho como provar o contrário.

– Não... – teria sido aí que a ideia surgiu ou emergiu até a superfície da consciência dele como se sempre tivesse estado lá? Não foi porque ele pensou que o garoto tinha sido estrangulado, embora essa, também, pudesse eventualmente ser uma possibilidade a ser explorada.

Agora ele olhava para o capitão, observando-o com atenção, enquanto este o esperava chegar ao ponto. Ainda podia esquecer a coisa toda como se fosse muito vaga, mas continuou, com cautela:

– O relatório da autópsia do caso Vogel...
– Sim?
– O senhor ainda não tem uma cópia?
– O substituto tem, na promotoria.

"Aquilo tinha sido uma estupidez", pensou o comandante. Devia haver outra cópia no Instituto Médico Legal, bastava ter perguntado ao professor. Dessa maneira, ele podia ter meditado sobre a coisa toda, antes de oferecer o pescoço ao carrasco.

– Estive pensando – disse lentamente –, o senhor me deu um resumo dele, mas não mencionou... Estive pensando se ela não teve um filho.

– Sim – disse o capitão –, ela teve.

– Há quanto tempo? O relatório dizia?

– Se me recordo bem, havia uma cicatriz mencionada nele, datando de quinze a vinte anos atrás.

O comandante relaxou visivelmente e não mais se importou em deixar as imagens caírem assim que aparecessem.

– O ponto é que, quando falei com a mulher que viu a *signora* Vogel no restaurante com um rapaz, quase um garoto... Bem, o que eu tinha pensado mesmo era que, se a mulher estava lá com o filho dela, o que impediria a *signora* Vogel de estar lá com *seu próprio* filho... Eu só não sabia que ela tinha um. E aí, aquela mulher não era estúpida e normalmente se pode perceber quando se vê mãe e filho juntos... Mas, veja o senhor, a *signora* Vogel vivia aqui há quinze anos. O que quero dizer é: se era o filho dela, então, ainda assim, ela mal o conhecia. Eles não poderiam ter esse tipo de relacionamento... Não sei se estou sendo claro.

– Prossiga.

— Aqueles garotos na *villa*... Ainda acho que o senhor deveria falar com eles, eu não sou competente. Um deles pode tê-la conhecido, e não pagava aluguel. E há outro que desapareceu logo depois de chegar aqui, supostamente foi para a Grécia, mas mesmo assim...

— Você está pensando que o garoto morto pode ser um deles? E filho dessa mulher? Pelo que sabemos, ela pode até ter tido uma filha. E esse garoto que o senhor diz ter ido para a Grécia tinha um nome inglês.

— Desculpe-me dizer, mas isso não prova nada. E ainda há o outro. Não sabemos nada sobre ele. Este não estava em sua lista de inquilinos ou na do corretor. Eu não tenho nenhuma prova, mas as coisas começaram a acontecer quando esses garotos chegaram...

Isso era verdade. A visita do homem grisalho, o garoto no restaurante...

— Mas ela foi assassinada um mês depois disso e aquele garoto já estava morto, então – argumentou o capitão.

— Eu posso estar enganado – insistiu o comandante, seu rosto e sua voz dizendo o contrário.

— Vou sair e dar uma olhada nessa *villa*.

— Com um mandado – acrescentou o comandante, olhando para os joelhos.

— Com um mandado. Mas odeio pensar no que o promotor-substituto vai dizer...

O telefone tocou.

— Sim?

— Nós o pegamos, senhor! Mas não sabemos o que fazer agora, não podemos prendê-lo em flagrante porque...

– O que está errado? O que ele levou do quarto?
– Aí é que está o problema, senhor. Nada...
– Eu disse para não perturbá-lo! Para esperar até que ele saísse!
– Nós esperamos, senhor, mas ele saiu de mãos vazias. O que podemos fazer? Não podemos prendê-lo, podemos? Não por apenas ter estado lá, afinal...
– Não, não podem. Tragam-no aqui.
– Nós devemos...
– Tragam-no aqui!

O capitão bateu o telefone, com o rosto pálido e os dedos tamborilando na escrivaninha. Por um momento, praticamente esqueceu-se da presença do comandante, que permaneceu sentado e em silêncio. Quando recobrou a calma, disse rápido:
– Estão trazendo Querci.
– Hum...
– Se ele não quiser falar, vou prendê-lo por não cooperar. Se pelo menos tivesse achado o que procurava naquele quarto!
– Talvez ele...
– Não só vai ser preso por não cooperar, como também receber uma intimação judicial pelo assassinato.
– Sempre existe a possibilidade de...
– Vou ligar para o substituto agora. Ele queria ação, então vamos tirá-lo da cama e ver alguma!

O comandante decidiu que já havia arriscado muito seu pescoço em um único dia. Levantou-se resmungando algo sobre voltar e o capitão o deixou ir, não sem uma vaga sensação de alívio por não estar por perto quando o promotor-substituto aparecesse. Mas ele só reconheceu essa pequena fraqueza em si mesmo bem mais tarde, quando encontrou tempo para se arrepender disso.

8

– Antes de qualquer outra coisa, gostaria de ouvir o seu lado da história sobre o incidente em Milão.
– Não acho que o senhor vá acreditar em mim. Não acho que ninguém tenha acreditado, nem mesmo minha esposa, apesar de o caso ter sido esquecido.
– Presumivelmente, o gerente acreditou em você.
– Ele me *ajudou*. É um primo distante de minha esposa, foi por isso que ela foi trabalhar lá. Não significa que ele tenha acreditado em mim. Ajudou-me por causa de minha esposa, da família. Do contrário...
– Gostaria de ouvir sua versão mesmo assim – o capitão insistiu, mas com delicadeza. A raiva havia desaparecido no minuto em que o pálido porteiro noturno tinha sido conduzido pela porta.

Quando lhe fizeram as perguntas formais "Você pretende responder? Você pretende contar a verdade?", ele tinha dito "sim" apenas à primeira. Ao ouvir a segunda pergunta, algumas gotas de suor apareceram em seu lábio superior.

– Foi há oito anos... Suponho que já saibam disso.
– Na época, você era o recepcionista do turno do dia?
– Sim. A mulher... estava no hotel há três semanas e flertava comigo desde sua chegada, mas apenas como um tipo de provocação costumeira.

— Mas ela foi mais longe?

— O senhor entende que tipo de mulher eu quero dizer. Bem de vida e entediada, não tão jovem... e um homem de uniforme, pago para servi-la... Para ela, não mais que um brinquedo. Não sei se o senhor entende o que quero dizer.

— Entendo — o próprio capitão já havia se deparado com uma ou duas desse tipo no cumprimento de seu dever. — Existem homens que não se opõem a tirar proveito de situações como essas.

— Eu estava casado há pouco tempo e tinha acabado de descobrir que minha esposa estava grávida. Além disso, ela ainda trabalhava no hotel.

Não havia raiva na voz suave dele, mas seu rosto tinha enrubescido.

— O que aconteceu para precipitar as coisas?

— Uma noite, ela ligou para que eu fosse até o quarto dela. Eu estava quase saindo do serviço, lembro-me de acompanhar minha esposa ao médico porque ela não vinha se sentindo muito bem. Os primeiros meses foram difíceis para ela.

— E você foi ao quarto dessa mulher?

— Não achei nada estranho naquilo, para dizer a verdade. Ela tinha me pedido para postar uma carta, a caminho de casa. Veja, eu estava acostumado ao tipo de comportamento dela e nunca tive nenhum problema de verdade, nesse sentido.

— O que ela fez quando você chegou lá?

— Em primeiro lugar, não estava completamente vestida. Ainda assim, não estranhei porque era o horário em que os hóspedes estavam se arrumando para o jantar. Estava com um roupão e me disse que tinha acabado de tomar banho. Deu-me a carta, realmente havia uma. E então me convidou para tomar uma bebida; ela mantinha uma garrafa de uísque no quarto.

– Você recusou?

– Sim, mas ela não ligou. Apenas continuou falando e serviu dois drinques. Colocou os dois na mesinha de cabeceira e se deitou. O roupão não estava fechado...

– O que você fez?

– No começo, fiquei ali parado, olhando. Se eu tivesse pensado antes de subir, teria conseguido escapar com alguma desculpa, mas ela me pegou desprevenido e não consegui fazer outra coisa além de olhá-la. Se tivesse conduzido melhor as coisas e não ter ficado tão embaraçado, poderia ter me livrado com facilidade. Se tivesse percebido mais cedo! Eu não estava pensando direito e não prestava atenção, pois estava um pouco preocupado com minha esposa. Ela me disse para pegar meu copo e pensei que eu conseguiria beber de um gole só e sair rápido. No entanto, quando estendi o braço, ela me segurou e me fez tocá-la. Foi quando... Ela não era muito jovem, entende? Era uma mulher de boa aparência e sempre muito bem-vestida, mas os seios dela eram... muito macios e flácidos...

– Ficou enojado?

– Não. Não enojado, honestamente. Apenas surpreso, porque até então eu tinha conhecido apenas mulheres jovens. Quer dizer, antes de me casar. De qualquer modo, ela deve ter lido a expressão do meu rosto e, como eu fiquei parado sem me mexer, ela se sentou e começou a me insultar. Percebi, quando chegou bem perto do meu rosto, que já devia ter bebido alguns drinques antes da minha chegada. Arrancou o roupão e disse: "Qual é o problema, sou magra demais para você? Não tão boa quanto sua mulherzinha gorducha, é isso? Sabe quantos homens iriam gostar da chance que você teve? E nem seriam homens da sua classe e espécie!". E, de repente, começou a gargalhar histericamente. "Então é a esse ponto que a coisa chegou! Rejeitada por uma criatura como você!". Ela ainda estava rindo, mas tentou dar um tapa enraivecido em meu rosto. Tudo que fiz foi tentar agarrar seu braço para impedi-la, porém ela foi muito rápida e acabei arranhando levemente seu antebraço e seu seio esquerdo. Tentei silenciá-la; afinal, as pessoas dos quartos vizinhos com certeza podiam ouvi-la. E ouviram, como percebi depois. E, é claro, as evidências estavam todas contra mim. Eles ouviram ruído de luta e os gritos dela e, quando vieram até a porta para saber qual era o problema, a viram nua, arranhada e chorando, empurrando-me para fora do quarto. E eu resistindo, porque ainda esperava conseguir acalmá-la. Acho que não posso culpar ninguém por não acreditar em mim. Talvez eu mesmo não tivesse acreditado.

– Ela alegou que você tentou atacá-la?

– Sim, o gerente foi chamado de imediato. Foi uma cena horrível.

– Mas acho que não ouve uma queixa oficial. Nosso pessoal em Milão não tem registro de nenhuma.

– Ainda assim, insistia em chamar os *carabinieri*. Quando eles chegaram, ela desmaiou. Devia ter bebido muito, mas, desde então, eu sempre penso que ela estava fingindo e que mudou de ideia quanto a registrar a história oficialmente. Afinal, isso significaria eu ter de contar a minha versão, com o risco de acreditarem em mim. Ela foi embora no dia seguinte, acredito que o gerente a liberou da conta, desde que não levasse o assunto adiante. Também disse a ela que eu seria demitido do hotel e suponho que isso a deixou mais do que satisfeita.

— E você se mudou para Florença?

— O proprietário do hotel havia acabado de comprar o Riverside e estava transferindo o gerente para cá. Eu vim com ele e minha esposa parou de trabalhar, já que não estava mesmo muito bem.

— Eles o colocaram como porteiro noturno ou foi escolha sua?

— Foi uma decisão do gerente. Por isso acho que ele nunca acreditou em minha história. Tenho menos contato com os hóspedes agora, mas admito ter sido um alívio para mim, apesar de receber menos e, na época, ter um bebê a caminho.

— Apesar disso, me parece que você teve contato considerável com uma hóspede, não é?

— Era o que ela queria e, depois da primeira vez, fiquei com medo de... Eu vou ser preso?

— Isso depende do que me contar agora.

Mas o mandado estava diante do capitão, sobre a escrivaninha. Não era preciso dizer que o promotor-substituto havia ficado ali apenas o tempo necessário para assiná-lo e voltar para a cama, sem nem mesmo olhar para Querci. Se este fosse preso ele voltaria para interrogá-lo no dia seguinte, à sua conveniência.

— Foi a mesma coisa com a *signora* Vogel?

— Não, não seria justo dizer isso. Justo com ela, quero dizer. E agora está morta...

Não apenas morta, foi assassinada e jogada no rio.

Deve ter sido algum tipo de louca.

Eu não sei se o editor engoliria... nem se ela fosse maluca.

O caso daquela estrangeira no casaco de pele.

A única pessoa que mostrara alguma delicadeza ou respeito por ela fora este homem assustado sentado diante do capitão, que tinha um mandado de prisão contra ele sobre a escrivaninha.

– Vocês foram amantes?

– Não. Ela era uma mulher inteligente e sensível também, muito embora gostasse de esconder isso. É verdade que no início tive medo de outro episódio como o de Milão, mas isso não foi por culpa dela. Mais do que tudo, precisava de alguém para conversar... Não, nem mesmo isso, porque ela não era muito conversadora, exceto em raras ocasiões.

– Ela alguma vez falou sobre o passado? Quando vivia na Alemanha?

– Uma vez ou duas. Sei que o pai dela foi morto na guerra e, embora ela fosse muito dotada para idiomas, nunca teve chance de continuar os estudos. Em vez disso, foi trabalhar em uma loja, por isso acho que eles não tinham muito dinheiro e a mãe dela logo morreu de alguma doença. Daí, acho que ela se casou, mas nunca me falou do casamento ou sobre sua vida depois disso. Apenas sobre sua infância.

– Alguma vez ela mencionou um filho?

– Não, nunca. E tive a impressão de ter se divorciado ou ficado viúva ainda muito jovem. Ela era sempre vaga sobre isso e nunca a pressionei. Mesmo assim... Eu disse ao seu comandante que, certamente, havia um homem na vida dela, mas tenho certeza de que não podia ser o marido.

– Você também mencionou outra mulher.

– Sim, porém não posso dizer ao senhor mais do que contei ao comandante. Havia pistas aqui e ali, nada mais. E muito do que estou contando eu apenas adivinhei ou presumi. Por exemplo, suponho que ela deva ter casado com alguém razoavelmente rico, porque morar no Riverside custa muito caro.

— E sobre o pai dela ter morrido na guerra, foi só um palpite ou ela lhe contou?

— Tenho certeza de que ela me disse isso.

— Mencionou uma *villa* para você? Perto de Greve in Chianti?

— Não, nunca.

— Era do pai dela, que morreu há alguns anos.

— Entendo.

Mesmo com essa revelação, ele não mostrou raiva. Estava com olheiras e era provável não ter dormido bem desde o dia em que o capitão visitou sua casa para fazer uma pergunta que pode muito bem ter parecido um pretexto. Não era difícil imaginá-lo deitado em um quarto escuro, sem conseguir dormir nas manhãs com o estalar da máquina de escrever da esposa na sala contígua e os vizinhos discutindo do outro lado das finas paredes.

— Ela pode ter tido seus motivos para não me contar sobre isso. — disse delicadamente. — Afinal, eu nunca contei a ela sobre Milão.

— Apesar disso, se tudo o que ela queria era alguém para confiar, não faz sentido ter mentido para você.

— Todos mentem, até mesmo para as pessoas mais próximas, o senhor não acha? Em todo caso, não acho que fosse uma questão de ter alguém em quem confiar. Eu disse isso antes... Não é tão fácil de explicar, mas eu vivia sozinho em Milão, antes de conhecer minha esposa. São as pequenas coisas que fazem alguém se sentir solitário. Não ter ninguém com quem resmungar no fim de um dia ruim, ninguém para preparar uma bebida quente quando você pega um resfriado. Toda vez que ela se resfriasse ou tivesse uma enxaqueca, eu iria até o farmacêutico para ela, esse tipo de coisa. E há a solidão pela falta de afeto também. Não estou falando de sexo, apenas afeto cotidiano, algum tipo de contato físico...

– E havia essa espécie de contato físico entre você e a *signora* Vogel? Você disse que não eram amantes.

– Eu disse ao senhor, não é uma questão de sexo, nós falávamos sobre isso às vezes, mas isso é tudo. Criava uma espécie de intimidade que não fazia mal a ninguém e, com o passar dos anos, ficamos acostumados ao jeito como as coisas eram.

– E, em todos esses anos, nunca a tocou?

– Eu fazia massagens no pescoço dela se tivesse uma dor de cabeça. Acredite ou não, nós parecíamos mais irmãos do que qualquer outra coisa. Vivendo sozinha como ela...

– Foi escolha dela viver sozinha, presumivelmente.

– Não acredito nisso. Estou certo de que estava desapontada com o desenrolar das coisas, que tinha esperado alguma coisa melhor, talvez desse homem que mencionei, mas as coisas continuaram se arrastando ano após ano.

– Então você massageava o pescoço dela – disse o capitão, devagar –, no saguão da recepção?

– Quê?

– Foi onde você contou ao comandante que aconteciam suas pequenas conversas. Que ela dormia mal e descia para conversar. E você, é claro, não iria deixar o seu posto.

O clima na sala mudou de repente. Até então, a conversa fora amigável. Agora, as gotículas de suor reapareceram no lábio superior de Querci, mas ele ainda parecia tranquilo. Quando não respondeu, o capitão continuou:

– Você foi até o quarto dela?

– Eu... não me lembro...

– Subiu na noite em que ela foi morta.
– Não vi nada, nada mesmo!
– Subiu e viu o que aconteceu ou a matou.
– Não! Não, não!
– Porque, se outra pessoa fez isso e você estava em seu posto, teria de ter visto essa pessoa, não apenas chegando ao hotel, mas saindo com o corpo.
– Eu não vi coisa alguma, não vi *nada!*
– Todos mentem. Você acabou de me dizer isso, não foi?
– Sim, mas não estou mentindo. Não vi nada. Juro que estou dizendo a verdade e qualquer outra coisa...
– Qualquer outra coisa?
– É a verdade.
– Se não foi você, o que o assusta tanto? O que você estava procurando no quarto dela hoje à noite?
– Nada.
– E da última vez? Também não estava procurando nada? Foi você quem revistou o quarto da outra vez, não foi?
– Eu não... Não consigo me lembrar.
– O que estava procurando hoje à noite?
– Nada. Juro que é verdade.
– Vou revirar aquele quarto até achar o que você procurava. Se estiver lá, eu encontrarei e isso apenas vai piorar as coisas para você.
– Não posso ajudá-lo, estou falando a verdade. Eu não estava procurando nada.
– E não viu nada. Quem veio ver Hilde Vogel na noite em que ela morreu, alguém que você conhece?
– Não.

– Alguém que você não conhece? Um garoto ou um homem? Quem?

– Eu não vi nada! Como posso falar sobre algo que não vi?

O capitão bateu com o punho cerrado sobre o mandado.

– Você sabe o que está fazendo? Se jurar que ninguém foi vê-la naquela noite, estará se colocando como único suspeito!

– Ninguém pode provar que a matei, se eu não fiz isso.

– Não. E ninguém pôde provar que você atacou aquela mulher em Milão. Isso evitou a perda de seu emprego?

– Não! – ele tremia agora e seus lábios estavam secos e endurecidos.

O capitão tocou uma campainha.

– Tragam-me água e dois copos.

Assim que Querci bebeu um pouco de água, ele continuou com o interrogatório, mesmo tendo pouca esperança de chegar a alguma conclusão. Se o porteiro tivesse inventado alguma história, *qualquer* história, teria sido fácil quebrá-lo. Mas ele não inventou nada, continuou dizendo "eu não sei", "não me lembro" e "não vi coisa alguma".

Depois de se repetir e ouvir as mesmas respostas por mais uma hora, o capitão decidiu que, se ele passasse a noite em uma cela, poderia fazer mais efeito. Antes de levarem Querci, perguntou se ele queria telefonar para a esposa.

– Eu estou preso?

– Sim.

O rosto de Querci ficou ainda mais pálido, como se fosse vomitar ou mesmo desmaiar. E não teria sido o primeiro naquelas circunstâncias. Mas tudo o que ele disse foi:

– Não. De qualquer modo, ela não está me esperando em casa até de manhã. Para que acordá-la?

– Levem-no.

O capitão foi até a janela e, cansado, esfregou o rosto. Já passava das três horas da manhã e a rua estava silenciosa sob a luz amarela dos postes. Sob um deles um homem estava andando de lá para cá, com as mãos enterradas nos bolsos e olhando para a janela.

– Pelo amor de Deus... – ele se voltou e pegou o telefone. – Se é Galli que está lá embaixo, não o deixe subir! Diga para voltar amanhã.

– Eu já disse a ele, senhor.

– Bem, ele ainda está lá fora. Diga de novo, pois estou indo para a cama.

Não que Guarnaccia sempre tivesse muito a falar, mas estava peculiarmente silencioso naquela manhã. Sentou-se ao lado do capitão, no banco traseiro do carro, com as mãos plantadas sobre os joelhos, olhando fixo para frente por trás dos óculos escuros. Assim que passaram pela aldeia de Greve, inclinou-se algumas vezes para a frente, dizendo ao chofer para qual lado virar.

Desde que saíram de Florença – e durante todo o caminho – o capitão tinha tentado extrair alguma coisa dele sobre a situação de Mario Querci, mas tudo o que o outro disse foi:

– O senhor o prendeu?

– Não tive escolha.

– É provável que ele não diga nada ao promotor-substituto esta manhã?

– Tenho certeza que não.

Depois disso, não pronunciou mais nada além de monossílabos sem compromisso e resmungos. Parecia estar satisfeito por estarem indo até a *villa*, mas era só.

– Vire à esquerda aqui.

O carro virou em uma alameda que serpenteava entre vinhedos, onde a colheita já havia começado. De vez em quando, eles passavam por filas de homens e mulheres cortando os pesados cachos de uvas enquanto um trator resfolegava no fim das filas de parreiras. Um carro branco vinha em direção contrária na alameda estreita e o motorista deles desacelerou e se apertou no acostamento gramado. O outro carro emparelhou e parou, e seu motorista se inclinou para fora, para chamá-los.

– Bom dia!

O capitão abriu a janela.

– Galli! Um dia desses você vai ficar realmente encrencado!

– Não consegui dormir... – disse o repórter, encabulado.

– Sério, se estivesse no lugar de vocês, eu prenderia aquele garoto, Sweeton. Ele é um mentiroso nato.

– Infelizmente não posso prendê-lo por isso.

– Por uso de drogas, então. Dou minha palavra, reconheço um usuário quando vejo um. Cocaína e... Jesus, você ficaria bêbado só de respirar o ar daqui!

Regatos de água com cor de vinho escorriam de uma fazenda próxima para uma valeta margeando a alameda. Havia tanta fermentação no ar, que chegava a ser realmente embriagante.

– Fiquei sabendo que prenderam o porteiro noturno.

– Não tinha dúvida de que você já sabia. Mas não comece a especular no jornal, estou avisando.

— Aviso recebido. Ainda assim, ninguém acredita que foi ele, digo isso de graça. Quando o senhor vai nos dar algo do caso das drogas para publicação?

— Quando tiver algo para dar a você. Agora, saia do meu caminho, está bloqueando a estrada.

— Foi um prazer, estou indo para a cama. Mas ainda acho que o senhor deveria prender aquele calhordinha, ou ele vai fugir do país.

E Galli foi embora, espalhando cascalho manchado de vinho.

A *villa* parecia tão deserta como antes de chegarem lá, e o silêncio era tão grande que podiam ouvir os colhedores de uva a distância, chamando para as cestas cheias serem recolhidas. Apesar disso, desta vez havia um rosto em uma janela do primeiro piso, onde a persiana tinha quebrado, observando a aproximação deles. Desapareceu quando desceram do carro.

— Espere aqui — disse o capitão ao chofer e foi em direção à porta da frente, com o comandante atrás. A campainha enferrujada, daquelas antigas com um sino, produziu um repicar áspero e lento. Após alguns momentos, uma voz por trás da porta disse:

— Vocês terão de dar a volta.

Quando chegaram lá, John Sweeton estava esperando na porta da cozinha.

— A porta da frente não abre — e saiu do caminho para poderem entrar. Antes mesmo de falar, o comandante notou uma diferença em sua atitude. Ele estava muito pálido e os observava nervoso enquanto entravam na casa.

— O que está acontecendo, exatamente? Um jornalista esteve aqui me perturbando. Eu os aviso que meu pai...

Ele cortou a frase pela metade quando o capitão parou e o olhou direto nos olhos.

– Temos um mandado para revistar esta casa.

– Bem, se isso é tudo...

– Não sei – disse o capitão com calma – se isso é tudo ou não. Vamos começar por seu quarto, se você nos guiar.

O garoto hesitou, como se fosse dizer alguma coisa, mas deve ter pensado melhor. Virou-se e os conduziu para fora da cozinha ensolarada em direção à sombria escadaria. Assim que os três chegaram ao quarto, ele ficou quieto, observando-os atentamente.

– Seu amigo Christian voltou? – perguntou o capitão.

– Não me lembro de ter dito que era meu amigo. Ele estava ficando aqui, apenas isso.

– Estava? Pensei que ainda iria voltar.

– Como posso saber? As coisas dele ainda estão aqui. Suas idas e vindas não são da minha conta.

Os olhos dele iam continuamente do capitão para o comandante, que se movia com lentidão pelo quarto sem tocar em nada, apenas olhando. Os óculos escuros pendiam de uma das mãos.

– Quando o viu pela última vez?

– Não me lembro, foi há algum tempo.

– Quanto tempo?

– Não sei. Por que deveria me...

– Quanto tempo? Um mês? Dois meses?

– Algo assim, eu me esqueci.

– Um ou dois meses?

– Acho que algo em torno de dois meses.

O comandante encontrou um exemplar do *Nazione* sob a cama e o estava folheando devagar. O quarto cheirava fortemente à tinta a óleo e terebintina.

Sweeton havia se colocado em frente ao cavalete que estava no meio do quarto. A paisagem ainda estava colocada lá, o foco de luz da janela caía diretamente sobre ela. O comandante encontrou a página que procurava, dobrou o jornal e mostrou ao capitão. Ele apenas olhou para o título, antes de devolvê-lo sem comentários.

– Você não nos perguntou por que estamos aqui – disse o capitão. – Não está interessado?

– Não tem nada a ver comigo.

– Como pode ter tanta certeza disso?

– Porque não fiz nada.

– E também não sabe de nada, imagino.

– Exatamente.

O comandante abriu uma gaveta e a fechou, sem olhar seu conteúdo. Parecia estar vagando pelo quarto, de maneira completamente casual. Todas as vezes em que passava perto de onde o capitão e o garoto se achavam, demonstrava grande nervosismo. Mantinha as mãos nos bolsos, como se quisesse aparentar calma, mas elas estavam firmemente fechadas. O comandante recuou até um canto do quarto, colocou os óculos no bolso e parou, observando.

– O que você acabou de tomar? – continuou o capitão.

– Não sei o que o senhor quer dizer.

Mas o capitão estava olhando diretamente para as pupilas dilatadas de seus olhos e Sweeton percebeu.

– Aquele jornalista o deixou nervoso, não é?

– Ele não tinha o direito de aparecer bisbilhotando por aqui.

– O que perguntou a você?
– Não há razão para eu dizer ao senhor, pergunte a ele.
– O que ele perguntou? – o capitão elevou a voz um pouco.
– As mesmas coisas que o senhor. Sobre a mulher que era dona desta *villa*.
– Mas eu não perguntei nada sobre a proprietária da *villa*. Perguntei sobre seu amigo Christian.
– Ele não é meu amigo!
– O que ele tinha a ver com a proprietária?
– Nada que eu saiba.
– Então por que achou que eu estava interessado na proprietária, quando perguntei sobre Christian? Comandante!

Como o comandante tinha parado de procurar, devia ter achado o que queria.

Guarnaccia avançou, pisando firme em direção a Sweeton e ao cavalete atrás dele. O garoto se assustou e sua mão saltou do bolso de maneira involuntária, derrubando do cavalete uma bandeja com tintas e pincéis, espalhando bisnagas e frascos no chão.

– Pode deixar – disse o comandante quando Sweeton foi apanhar as coisas –, deixe tudo aí, garoto, vou pegar para você.

Mas tudo que ele pegou foi uma caixa manchada de tinta e começou a examiná-la com atenção. Era dividida em compartimentos de vários tamanhos e um pequeno embrulho de papel pardo estava enfiado em um deles. O comandante removeu-o com cuidado e tirou o papel, revelando um pequeno saco plástico com pouco mais de cinco centímetros. Havia sido enrolado com firmeza. O comandante o desenrolou, tirou alguns dos pequenos cristais com a ponta de um dedo e experimentou. Depois, enrolou o saco de novo e o colocou em seu bolso.

– Há mais disso? – perguntou o capitão ao garoto.

– Não. Eu sempre comprei para meu próprio uso e o senhor não pode...

– Tudo bem, você está bem informado sobre as leis deste país, tenho certeza disso. Então você lê os jornais, não lê? Vamos agora olhar o quarto de seu amigo Christian.

O garoto os conduziu sem dizer uma palavra, mas eles podiam ouvir sua respiração acelerada.

O comandante foi direto até a mesa de cabeceira da cama do outro rapaz e examinou as metades murchas do limão, o cinto, a colher de chá e o isqueiro. Em seguida, começou a revistar o quarto, desta vez mais sistematicamente.

– O que quer que Christian tenha feito, não tem nada a ver comigo.

– Então deixe o comandante continuar o trabalho e cuide da sua vida – disse o capitão. – Enquanto isso, você vai me contar apenas o que Christian fez, lembrando-se de que nós sabemos sobre ele e a *signora* Vogel.

– Eu não estava envolvido.

– Então não tem por que se preocupar. Você estará apenas nos ajudando em nossas investigações.

O comandante estava tirando o colchão da cama, com seu rosto tão inexpressivo como de costume. Mas seus movimentos tinham uma segurança tão consciente que fizeram o capitão decidir assumir o risco.

– Encontramos o corpo de Christian.

Sweeton engoliu com dificuldade. Ele não falou e seus olhos estavam fixos no volume do comandante em movimento. Este havia descoberto dois pequenos sacos, presos com fita adesiva do lado de baixo da cama. O capitão empurrou Sweeton em direção à cama e os três pararam ali, olhando, em silêncio. O comandante bufava um pouco após seus esforços. O ar estava cheio de poeira suspensa.

– Não vamos tocar nos dois pacotes – observou o capitão –, até os nossos técnicos chegarem para examiná-los.

– O que Christian fazia aqui não diz respeito a mim.

– Não, é claro. Estou interessado no que *você* fazia aqui. Não tenho dúvida de que aquele pacote, coberto de pó, contém heroína e que está lá desde a partida de Christian. Mas o outro, eu estimo ter sido colocado ali há menos de meia hora. Aquele jornalista o assustou mesmo, não foi?

– Isso não tem nada a ver comigo.

– Não? Mas e se aquele pacote contiver cocaína? Christian não usava cocaína.

– O senhor não pode provar isso.

– Lembre-se de que encontramos o corpo.

– Ainda não há como provar isso. O jornal disse que a cabeça estava...

– O jornal disse? Os jornais não sabem nada sobre Christian.

– Vocês dois acabaram de ver a reportagem em meu quarto.

– O garoto que encontramos perto do forte? Mas o jornal não dizia quem ele era, pois não sabe. Como *você* sabe que é Christian?

– Porque o senhor disse antes que encontraram o corpo dele.

– Eu não disse que era *esse* corpo. Estou me perguntando se vamos encontrar as suas digitais naquele pacote.

– Vocês não vão e este não é o meu quarto. Qualquer coisa que encontrem aqui...

– É verdade. É claro que não há nada que possa nos impedir de encontrar *os dois* pacotes em seu quarto.

– Tentem qualquer coisa assim e vou chamar o meu pai. Estou avisando! Meu pai é juiz, vocês não vão se safar com algo assim.

– Para a sorte de seu pai, ele não é um juiz neste país. Se fosse, receio que poderia ficar em uma situação embaraçosa por ter o filho em uma situação como a sua.

– Não estou em nenhuma situação. Christian...

– Christian está morto – disse o capitão, calmamente –, e a proprietária desta *villa* também. E a única pessoa que tinha qualquer conexão com eles é você. Talvez não tenha percebido que não estamos falando sobre drogas, mas sobre assassinato. Assim, pode ser uma boa ideia mesmo telefonar para seu pai.

Se Galli tivesse contado a ele sobre a prisão do porteiro noturno, o capitão iria prendê-lo também! Mas o rosto pálido do garoto estava avermelhado pelo pânico e seus olhos começaram a correr pelo quarto, como se estivesse pensando em fugir. O comandante se moveu, de modo que quase o tocava. Galli não tinha contado sobre o porteiro.

– Acho melhor você vir conosco – o capitão continuou –, conversaremos sobre isso em meu escritório.

– O senhor não pode me prender sem provas.

– Não estou prendendo. De acordo com você, apenas Christian estava envolvido. Mas ele está morto e não pode nos dizer nada, nem ninguém mais. Se sabe alguma coisa, seria melhor nos contar, pois, do contrário, vamos pensar que foi você. Não é assim?

– Vou telefonar para o meu pai.

– Já disse que é melhor mesmo procurá-lo. Você pode fazer isso do meu escritório, eu gostaria de falar com ele também. Primeiramente, quero perguntar quanto dinheiro ele enviou a você durante o ano. Podemos ir?

Sweeton foi colocado no banco de trás do carro com o comandante. Passaram pelas alamedas ocre entre os vinhedos, através do calmo alvoroço da *piazza* em Greve e seguiram até a cidade, onde o tráfego ruidoso lutava para passar pelos portões romanos. O garoto não abriu a boca durante toda a viagem.

Quando chegaram ao Borgo Ognissanti, um dos guardas veio até o carro para dizer ao capitão que alguém o esperava.

– Não quero ver nenhum jornalista.

– É uma mulher, senhor – o guarda consultou uma anotação. – A *signora* Vogel. Ela está aqui na sala de espera, caso o senhor queira que ela suba.

9

– Há alguém com ela – acrescentou o guarda –, um advogado. O senhor quer que eu...

Mas o capitão já tinha saltado do carro, acenando para que prosseguisse e se apressava até a entrada da sala de espera à direita. Irracionalmente, estava quase esperando encontrar a mulher loura e magra, encontrar aquele olhar irônico em seus olhos azuis. Mas, quando parou na entrada, viu uma mulher com bem mais de sessenta anos, sentada no gasto banco de madeira ao lado de um homem alto e robusto. Foi o homem que se levantou para as apresentações.

– Capitão Maestrangelo, sou o *avvocato* Heer, acredito que conversamos pelo telefone. Esta é a *signora* Vogel, sogra de minha cliente.

– É melhor conversarmos em meu escritório.

O capitão levou-os através do claustro e pelas escadas, sem nenhum outro comentário. Estava tentando decidir rápido se iria deixá-los esperando enquanto prosseguia interrogando Sweeton ou se essa mulher poderia dizer qualquer coisa útil que o ajudasse a pressionar o rapaz. Quando chegaram ao escritório, onde o comandante e Sweeton esperavam na porta, ele decidiu.

Sinalizou para que Guarnaccia levasse o garoto até a sala ao lado e abriu a porta do escritório para os visitantes.

– Sentem-se, por favor.

O advogado falou com a mulher em alemão e ela se sentou sem responder, segurando firme uma grande bolsa colocada sobre os joelhos. O capitão percebeu que ela era provavelmente muito mais velha do que ele tinha pensado, mas a teia de pequenas rugas cobrindo todo o rosto dela estava sob uma camada espessa de maquiagem. Seus pequenos olhos brilhantes o observavam friamente.

– A senhora é a sogra de Hilde Vogel?

Ela se voltou para o advogado, que traduziu a pergunta e ela respondeu afirmativamente, com uma única palavra. Manteve essa atitude durante toda a entrevista, sem se preocupar em olhar o capitão de frente e fitando a janela quando ele e o advogado falavam em italiano, como se um idioma estrangeiro não pudesse ter relevância alguma para ela. Depois de se identificar como Hannah Kiefer Vogel e declarar que residia em Mainz, interrompeu de repente a entrevista e começou a falar de forma espontânea, pausando ocasionalmente – e com evidente irritação –, para deixar o *avvocato* Heer traduzir.

– Vim até aqui assim que o gerente de meu banco me informou o acontecido. Posso dizer também que minha nora não trouxe nada além de problemas à nossa família, desde o dia em que meu filho foi tolo o bastante para desposá-la. Consequentemente, a maneira pela qual morreu não me surpreende. O senhor, decerto, compreenderá se eu disser que ela não era de nosso nível, em absoluto. A família Vogel é muito respeitada em Mainz, meu marido e meu sogro foram prefeitos da cidade e meu pai era um advogado de considerável reputação. Posso dizer com segurança que, se meu marido fosse vivo, o casamento de meu filho não teria acontecido. Infelizmente, ele legou todos os seus bens para nosso filho, deixando-me nada mais que uma pensão razoável do patrimônio e o direito de residir na casa da família pelo resto de minha vida. O resultado foi que me vi obrigada a dividir meu lar com uma balconista. Por favor, entenda que não estou sendo simplesmente ofensiva, essa mulher trabalhava em uma loja de propriedade de um amigo de meu filho. Foi assim que eles se conheceram e, em minha opinião, havia algo acontecendo entre ela e Becker já naquela época. E se eu contar ao senhor que meu filho não estava morto nem há seis meses quando Becker começou a visitar nossa casa, o senhor pode imaginar os meus sentimentos. Eu não iria aceitar aquele tipo de coisa sob meu próprio teto e deixei isso claro desde o início. Apesar disso...

Depois de escutar com paciência por cinco minutos, o capitão fez um gesto para o advogado interrompê-la. Se havia algo pior que a respeitabilidade cruel daquela mulher, era sua presunção de que ele deveria naturalmente concordar com ela, com seu constante "o senhor compreende". Além disso, ele não tinha tempo a perder, ouvindo as mentiras respeitáveis e ofensas daquela mulher. Era de informação de que precisava.

Ela não gostou nem um pouco de se ser silenciada e cerrou os lábios, que tremeram de leve, embora isso fosse mais uma evidência de idade que de emoção, pois ela era muito fria e segura de si.

O capitão pegou o arquivo do caso Vogel em sua gaveta e retirou o depoimento de Mario Querci, dirigindo-se ao advogado.

— Talvez possa pedir à *signora* para ter a bondade de responder algumas perguntas que poderiam nos ajudar na investigação.

Heer traduziu. Não mostrou embaraço ou especial interesse no que tinha a traduzir, aparentemente não fazendo objeção a nada que tivesse de fazer ou dizer, desde que fosse pago. A mulher olhou pela janela até que a primeira pergunta lhe fosse feita, em alemão.

– A senhora conhecia os pais de sua nora?
– Certamente que não.
– Eles não compareceram ao casamento?
– A mãe tinha morrido alguns meses antes.
– E o pai dela?
– Havia desaparecido muito antes disso, deixando-as sem um tostão.
– E não foi por isso que Hilde Vogel foi obrigada a parar de estudar e a procurar trabalho?
– Pode ter sido.
– De fato, até então elas não tinham vivido com bastante conforto?
– Talvez, pois o pai era um arquiteto. Tudo o que sei é que a garota não trouxe um centavo com ela quando se casou com meu filho. Sabia o que estava fazendo, com certeza. Percebi desde o início e disse isso a ela.
– Imagino que, até a morte da mãe, a filha tentou mantê-la no padrão de vida a que estava acostumada.
– Elas tentaram manter as aparências, se é isso que o senhor quer dizer. Em minha opinião, as pessoas devem viver de acordo com sua renda e se satisfazer com o padrão de vida por que puderem pagar.
– Ainda assim, se era bem-educada, me parece estranho a filha ter de aceitar um emprego como balconista, sendo obrigada a interromper os estudos.

— Se o senhor quer se preocupar com essas ninharias, suponho que posso dizer que ela gerenciava os negócios de Becker, pois ele viajava muito. Mas, se o senhor me perguntar, ela apenas conseguiu uma posição dessas porque havia algo entre os dois.

— A senhora sabe para onde foi o pai dela, quando ele foi embora?

— Para cá, é claro, como estou certa de que o senhor sabe, já que no fim ela o seguiu.

— Ela o seguiu? Em que sentido?

— Veio para cá para viver com ele, já que minha casa não era boa o bastante para ela, ou melhor, meus padrões eram muito altos para ela.

— Ela lhe disse que estava vindo morar com o pai?

— Certamente. E não posso dizer que isso tenha me surpreendido. Em minha opinião, eram da mesma laia. Sei que ele mexia com pintura e, sem dúvida, considerava-se outro Gauguin, fugindo daquela maneira. Não é preciso dizer que isso não deu em nada.

— Parece provável que o pai dela a quisesse morando com ele se, como a senhora diz, abandonou a família e as deixou sem um tostão por todos esses anos?

— Acho que sim, pois foi isso que aconteceu.

— Não foi isso que aconteceu, *signora*. Hilde Vogel nunca viveu com o pai, mas em um hotel, sozinha.

— Receio que o senhor esteja enganado, ela não tinha dinheiro para isso.

— Parece que tinha muito dinheiro.

— Então não devia estar metida em nada de bom.

E o capitão, embora se visse automaticamente defendendo Hilde Vogel contra aquela mulher maldosa, foi obrigado a se recordar de que ele também havia dito a mesma coisa.

– O seu filho ainda vive, *signora*?
– Não, morreu muito jovem, de uma hemorragia cerebral.
– Qual era a ocupação dele?
– Ensinava Direito, na Universidade de Mainz.
– Deixando a senhora e sua nora juntas na casa?
– Sim.
– Qual a situação financeira dela na ocasião? Seu filho deixou alguma coisa para ela?
– O espólio é legado ao herdeiro masculino, como sempre foi. Ela tinha uma pequena renda, como eu tenho, e tinha o direito de morar na casa pelo resto da vida. Até o momento em que decidisse se casar outra vez.
– Essa renda poderia permitir que ela morasse em outro lugar?
– Em minha opinião, não. A manutenção da casa era paga pelo espólio. A renda era para as despesas pessoais, apenas.

Mais cedo ou mais tarde, eles teriam de chegar à questão do herdeiro masculino. A essa altura, o capitão convencia-se de que Guarnaccia estava certo e de que essa entrevista só poderia ser concluída no Instituto Médico Legal. Decidiu que era melhor conseguir todas as outras informações de que precisava, antes de lidar com aquele problema. Não obstante, antes de continuar, percebeu que a mulher não fornecia nenhuma informação espontaneamente sobre a existência de uma criança e ele iria querer saber o porquê.

– Fale-me sobre esse homem... Becker foi o nome que a senhora disse, com quem a senhora acha que sua nora esteve envolvida.

— Não acho isso, eu sei. Tenho um par de olhos para ver. E mais, ele não prestava, em minha opinião. A cidade toda sabia que estava tendo um caso com a secretária. Ela costumava viajar com ele a pretexto de trabalho.

— Isso foi antes ou depois do suposto caso com sua nora?

— Antes ou depois? — a mulher quase cuspiu com repugnância. — Becker estava se divertindo com as duas. Pode ser que fosse apenas minha nora quando foi trabalhar para ele, mas ele logo voltou com a outra, quando ela e meu filho se casaram. E depois...

— Só um momento. A senhora está dizendo que o caso continuou quando seu filho e sua nora eram recém-casados?

— Não estou dizendo nada do gênero! O senhor imagina que eu teria permitido um escândalo como esse na família? Eu a vigiava a cada minuto, posso lhe garantir. E fiz tudo ao meu alcance para levar meu filho a romper laços com Becker. Casamento e família são mais importantes que a amizade.

— A senhora brigou por isso?

— Apenas tentei fazê-lo ver a razão.

— Então ela era amante de Becker antes de encontrar o seu filho? Não há nada extraordinário aí. Presumivelmente, ela rompeu com Becker e decidiu casar com seu filho.

— Ela sabia qual era sua melhor opção. Becker nunca teria se casado com ela.

O capitão fez uma pausa para folhear o depoimento de Mario Querci. Quando encontrou a página que procurava, olhou-a e perguntou:

— A secretária de Becker era mais velha que sua nora?

— Alguns anos mais velha. Não há dúvida de que foi por isso que ele...

– Qual era o nome dela?
– Ursula Janz.
– Ela ainda vive em Mainz?
– Não.
– Onde ela vive agora?
– Não consigo imaginar como o senhor pode esperar que eu saiba. Não faço ideia.
– Quando ela deixou a cidade?
– Quando Becker vendeu seus negócios e partiu.
– E quando aconteceu isso?
– Há quatorze anos, pelo menos.
– Eles partiram juntos?
– Não saberia dizer. Ele foi embora primeiro, mas isso não significa nada.
– E a sua nora?
– Já tinha ido embora, quase um ano antes.
– Por que vocês brigaram, por ela receber Becker?
– Não me rebaixo a discutir com esse tipo de pessoa, meramente deixei claros meus sentimentos sobre a situação. Estou certa de que o senhor entende que, sob meu teto, na casa de meu filho...
– Quem administrava a casa, após a morte de seu filho?
– Eu, naturalmente, antes e depois. Meu filho estava acostumado a uma casa em ordem.

O capitão lembrou-se do rosto na foto do passaporte. Teria ela conseguido tratar a sogra com aquela ironia indiferente? Ele suspeitava fortemente que não. Ela era muito mais jovem na época e ficara viúva e sob o domínio daquela mulher desagradável, sem recursos suficientes para escapar ou mesmo algum lugar para ir. Pode ter inventado a história de se reunir ao pai por puro orgulho. Ou isso foi para encobrir o fato de que esperava que Becker se juntasse a ela? Em qualquer caso, ele não tinha feito isso. Então, do que ela vivia? De onde vinha o dinheiro de Genebra? E onde estava Becker agora?

— Já que a senhora diz que esse Becker era um amigo de seu filho, teria alguma fotografia dele?

— Não.

— Seu filho e ele nunca foram fotografados juntos? E quanto ao casamento, ele não estava lá?

— Sim, estava. A despeito de meus desejos.

— Então deve ter aparecido em uma ou duas fotos, com certeza?

— Sim. Mas, após a morte de meu filho, não desejava guardar nada que me lembrasse daquele casamento infeliz.

— A senhora destruiu as fotografias?

— Sim.

Teria Hilde Vogel feito o mesmo? Eles não encontraram indícios de sua vida passada entre seus pertences.

— Qual seria a idade de Becker agora?

— Imagino que na casa dos cinquenta.

— Deixando de lado seu relacionamento com as mulheres, que tipo de homem ele era?

— Arrogante. Sua frase favorita era "noventa e nove vírgula nove por cento das pessoas são tolas...". Gostava de manipular as pessoas.

— Inclusive o seu filho?

— Meu filho era um homem muito inteligente, mas rigidamente honesto. Becker dizia que era seu único oponente digno no xadrez. Eles jogavam desde os tempos da universidade. Mas, em minha opinião, Becker apenas gostava de tê-lo por perto como espectador.

— Um espectador para o quê?

— Eu diria que para os trotes que gostava de pregar nas pessoas, brincadeiras de péssimo gosto. Mas não havia nada de divertido nelas. Gostava de fazer as pessoas de tolas e depois apontar quão crédulas tinham sido.

— Ele alguma vez fez algo ilegal?

— Não realmente, mas meu filho o advertia com frequência de que ele estava brincando com fogo.

— E ele deu atenção a essa advertência?

— Duvido. Ele desprezava completamente as outras pessoas.

— Ele foi visto outra vez em Mainz, depois que partiu?

— Fico feliz em dizer que não.

— Compreendo. A senhora poderia me dar licença um momento?

Quando passou para a antessala vizinha, encontrou o comandante bloqueando a porta, com suas costas largas. Sweeton estava largado em uma cadeira, com as mãos enterradas nos bolsos e o rosto pálido e carrancudo. Os dois homens saíram e fecharam a porta da sala.

— Acho — disse o capitão — que agora nós sabemos quem foi o visitante de cabelos grisalhos recebido por Hilde Vogel.

E explicou rapidamente sobre Becker.

— Isso se encaixa com o relato de Querci sobre ela ter um amante que, por sua vez, tinha outra mulher.

— O senhor não está pensando em um crime passional, está? — o comandante parecia duvidar daquilo.

— Qualquer coisa menos isso, acho que ela podia estar chantageando o homem, embora eu vá ter problemas em provar isso, sem saber no que ele estava envolvido...

O comandante ainda parecia em dúvida.

— O que o senhor quer que eu faça com o garoto?

— Deixe-o ligar para o pai e arranje alguma coisa para ele comer. Depois, vamos ao Instituto Médico Legal.

— O senhor quer que eu vá também?

— Sim. A menos que... Você podia tentar falar com Querci de novo.

— Ele ainda está numa das celas?

— Sim e agora nós temos alguma coisa a respeito do homem grisalho sobre a qual ele pode falar.

— Eu não acho isso — murmurou o comandante —, ainda não. Acho melhor ir também ao instituto, como o senhor disse. Posso falar com Querci mais tarde, se o senhor achar que devo. Talvez seja melhor esclarecermos algumas coisas antes...

O comandante sabia que seria ele quem teria de lidar com Querci, mas não estava ansioso por aquilo e ainda não estava seguro sobre como fazê-lo.

— Cuidarei do garoto — disse, abrindo a porta da antessala. — O senhor tem esperanças de que ele identifique o corpo do amigo?

— Se o garoto morto for ele, sim. Ou ele ou a avó. Terei de abrir o jogo agora e não será agradável para ela, embora eu tenha que dizer que ela é uma pessoa dura.

A mulher estava sentada exatamente como quando ele saiu, e o advogado falava com ela em alemão.

O capitão desculpou-se de novo por ter saído e sentou-se em frente a eles.

— *Signora*, terei de pedir que identifique oficialmente o corpo de sua nora. Se, quando o magistrado permitir, a senhora quiser removê-lo para a Alemanha...

— Não vejo necessidade disso.

— Nesse caso, *avvocato* Heer, talvez eu e o senhor possamos discutir os arranjos para o sepultamento dela aqui, em uma data próxima.

— Certamente.

— Obrigado. Agora, *signora*, gostaria de saber se seu filho e sua nora tiveram um filho.

— Sim, tiveram.

— Um menino?

— Sim.

— E o nome dele?

— Christian, o nome de meu filho.

— Qual era a idade dele quando o pai morreu?

— Tinha acabado de completar dois anos.

— E a mãe dele foi embora logo depois?

— Cerca de dois anos depois.

— Não tentou levar a criança?

— Tentou mas, naturalmente, isso estava fora de cogitação. Ela não tinha meios de sustentá-lo.

— Mas, certamente, o menino era herdeiro do pai?

— Ele tomará posse da herança aos 25 anos. Nesse ínterim, eu sou a curadora do patrimônio, junto com o advogado da família.

— Por que a própria mãe não foi colocada como curadora?

— Em primeiro lugar, porque ela não entendia nada desses assuntos e teria sido incapaz de tomar as decisões necessárias em relação a investimentos. Em segundo, porque era dinheiro da família Vogel. Dificilmente seria adequado que fosse administrado por alguém de fora.

— A senhora também veio de fora quando se casou com um membro da família Vogel, não foi?

— Trazendo comigo um dote considerável. Uma grande parte das propriedades que meu neto vai herdar pertencia originalmente a meu pai.

— Se sua nora insistisse na tentativa de levar a criança, a senhora poderia tê-la impedido?

— Prefiro acreditar que sim. Teria colocado meu neto sob tutela do tribunal, com base na imoralidade da mãe e no fato de que ela não podia oferecer a ele um lar alternativo ou os meios de sobrevivência.

— A senhora ameaçou fazer isso; abertamente, quero dizer?

— Não tenho o hábito de ameaçar as pessoas. Mas deixei claras minhas intenções, se é isso que o senhor quer dizer.

— E ela desistiu?

— Abandonou a criança, preferindo isso a permanecer onde estava, para criá-lo em um lar respeitável.

— Os dois eram muito próximos?

— Em que sentido?

— No sentido de que mãe e filho são normalmente próximos. Ela mesma cuidava dele, até o momento em que foi embora?

— De maneira limitada. Naturalmente, a criança tinha uma babá.

— Escolhida pela senhora?

— A mulher já estava sob meus serviços em outra função e já havia provado ser uma excelente babá, quando meu filho era pequeno.

— Depois que sua nora foi embora, teve algum outro contato com o filho?

— Nenhum.

— Ainda assim eu entendo que ela enviava dinheiro para uma conta em Mainz, todos os meses. O dinheiro era enviado para a senhora?
— Sim, era.
— Era uma contribuição para a manutenção da criança?
— Supostamente, embora ele não tivesse necessidade disso. E, claro, nunca toquei nesse dinheiro. Transferi-o para uma poupança em nome de meu neto.
— Ele sabia sobre o dinheiro e a conta?
— Eu o informei em seu décimo oitavo aniversário.
— Por que o dinheiro era enviado direto para o banco, em vez de ser enviado para a senhora?
— A meu pedido. Eu não tinha desejo de ter contato pessoal algum com minha nora.
— A senhora considera um cheque como um contato pessoal? Ou havia cartas também?
— Nos primeiros anos, sim.
— E a senhora não as respondeu, e ainda pediu que os cheques fossem enviados diretamente para sua conta?
— As cartas não eram endereçadas a mim, mas ao meu neto.
— Ele as respondeu, quando teve idade suficiente para isso?
— Nunca as viu.
— A senhora considerou que tinha o direito de censurar a correspondência de seu neto?
— Meu neto era uma criança e eu me considerava responsável por seu bem-estar moral desde que foi deixado aos meus cuidados.
— E a senhora sentiu que o bem-estar moral dele poderia ser prejudicado por receber cartas da mãe?

— Sim. E a maneira como ela morreu, além do dinheiro de origem inexplicável, que lhe permitia morar em um hotel, indica que meus medos eram mais do que justificados.

O capitão observou o *avvocato* Heer atentamente, enquanto traduzia essa última declaração para o italiano, mas o pesado rosto do suíço não mostrava nada além da suave polidez profissional. Decidiu não falar de suas suspeitas de chantagem, mas ater-se ao assunto do garoto.

— O seu neto ainda vive com a senhora?

— Sim, embora a maior parte do tempo esteja na escola, em Frankfurt.

— É lá que ele está agora?

Ela hesitou apenas uma fração de segundo, antes de responder.

— No momento, está viajando.

— Na Europa?

— Acredito que sim, ele apenas me envia um cartão-postal ocasional.

— Quando ele saiu da Alemanha?

— No início de julho.

— Não deveria estar de volta à escola agora?

— Deveria. Infelizmente ele herdou esse lado da personalidade da mãe.

— A senhora acha que ele pode ter vindo ver a mãe?

— Não tenho razão para imaginar isso.

— Nem mesmo o fato de que sua nora parou de enviar os cheques regulares depois de julho?

— O gerente do meu banco é quem cuida disso. Eu não tinha ciência desse fato.

Ela estava mentindo e sem muito sucesso. Havia alguma razão para não ter mencionado o garoto, até ele ter insistido.

— Ele já esteve metido em alguma encrenca?

— Se o senhor quer dizer com a polícia, certamente não.

— Na escola, então?

Ela não respondeu de imediato e houve uma pequena discussão em alemão entre ela e o advogado. Sem entender nenhuma palavra, o capitão se convenceu de que o advogado a havia aconselhado a falar a verdade, baseado no fato de que não seria difícil descobrir, de qualquer maneira.

— Houve um problema no colégio — disse, por fim.

— Drogas?

— Sim.

— Ele fugiu de casa?

— Já disse ao senhor que ele está viajando.

— Fugiu antes de o semestre letivo terminar? Eu posso descobrir isso sozinho — ele acrescentou, para poupar o advogado do trabalho —, se a senhora preferir.

— Sim, partiu logo antes do término do semestre. Ele tinha provas importantes. Infelizmente ele sempre foi muito nervoso.

— Além dos problemas com as provas, ele estava infeliz?

— Meu neto sempre teve todo conforto e consideração. E se o senhor me permitir mencionar, estou aqui para garantir que os assuntos de minha nora sejam solucionados de maneira adequada e os interesses da família protegidos, não para discutir sobre meu neto.

O que presumivelmente significava que, agora que Hilde Vogel estava morta e tinha deixado algum dinheiro para trás, ela enfim tinha se tornado parte da família.

— Existe um testamento? — perguntou o capitão para o advogado.

— Sim. Ela deixou tudo para o filho, com exceção de um pequeno legado para um homem chamado Querci. Receio que não possa dizer nada sobre ele, mas imagino que poderemos rastreá-lo.

— Nós sabemos quem é ele — foi o único comentário do capitão. — E se o garoto não deixar herdeiros ou se, por exemplo, ele não sobreviver à mãe, há alguma disposição quanto a isso?

— Aconselhei minha cliente a estabelecer essas disposições. Caso o filho não sobrevivesse à mãe, esse Querci seria o único herdeiro. O espólio não estava vinculado e, assim que o filho herdasse, quaisquer outras decisões caberiam a ele.

— Um testamento como esse não seria contestado, na hipótese de Querci ser o único herdeiro?

— Poderia, por qualquer parente próximo. Mas acredito que minha cliente não tinha nenhum.

— O senhor explicou a situação para essa *signora*?

— Sim, expliquei.

— Se o garoto herdasse e morresse sem fazer um testamento, a herança do filho ficaria com ela?

— Muito provavelmente. Até onde sei, não haveria outros reclamantes.

— O senhor também discutiu isso com ela?

— Discutimos todas as contingências possíveis, embora essa, em particular, tenha sido mencionada apenas de forma superficial.

— Entendo. *Avvocato* Heer, tenho razões para crer que Christian Vogel morreu aqui em Florença, antes da mãe.

Possivelmente de uma overdose, embora não possa provar isso. Infelizmente, o estado em que o corpo foi encontrado tornará a identificação muito difícil e também penosa. Ficaria grato se o senhor pudesse acompanhar a *signora* quando a levarmos até o Instituto Médico Legal.

– Sim, não há problema algum.

– Obrigado. O senhor conhecia o pai de sua cliente, o proprietário da *villa* próxima a Greve?

– Sim, conheci. Trabalhei para ele quando comprou a casa. De fato, foi por herdar a casa que sua filha se tornou minha cliente.

– Ele deixou um testamento?

– Não, não deixou. Foi apenas por minha insistência que me deu o endereço dela como sua familiar. Ele era muito descuidado e, até onde sei, não tinha interesse na filha.

– De que vivia?

– Da renda de algumas ações, que a filha também herdou. Era muito pouco e, com certeza, insuficiente para a manutenção de um lugar como aquele. Imagino que o lugar esteja quase abandonado.

– O senhor nunca viu a *villa*?

– Não.

– Com que frequência o senhor via seu cliente?

– Muito raramente.

– Ele se levava a sério como pintor, até onde o senhor pôde perceber?

– Não saberia dizer. Fiquei com a impressão de que era um tipo de vida em que ele estava interessado. Nunca falou muito sobre sua pintura e duvido que tenha ganhado alguma coisa com ela.

– Quando foi a última vez que o senhor o viu?

— Ele pediu que me chamassem quando foi internado em um hospital. Seu estado era muito grave e acredito que o fígado dele já estava irremediavelmente prejudicado.

— Ele bebia?

— Demais. Eu o tinha visto pela última vez alguns anos antes, quando se aproximou o limite de dez anos para pagamento dos impostos de transferência da *villa*. Ele já estava em más condições na época.

— Quando ele morreu, o senhor fez contato com a filha dele?

— Sim. Ela ficou surpresa no início, por ter herdado a *villa*, até eu explicar-lhe que simplesmente não houve um testamento e que ela era a única parente dele. Aparentemente, ela tinha feito esforços consideráveis para se reconciliar com o pai quando chegou aqui, mas tinha sido rejeitada.

Mas ela nunca havia admitido isso, refletiu o capitão, nem para a sogra, a quem sempre tinha dado o endereço do pai. Nem mesmo para Querci, para quem mentiu que ele estava morto.

— Eu me pergunto, nesse caso, como ela soube onde encontrá-lo, dado o fato de ele não ter tido mais contato com a família depois de abandoná-la.

— Ela sabia que ele estava em Florença ou, pelo menos, tinha uma certeza razoável sobre isso. A família havia tirado férias aqui e ele sempre expressou o desejo de viver aqui. Suponho que ela pediu ajuda ao consulado alemão e que eles fizeram contato com o departamento de residentes estrangeiros, na *Questura*.*

E Christian? Teria ele seguido o mesmo caminho para encontrar sua mãe? O capitão tinha fortes suspeitas que não.

---

* Chefatura de polícia.

— O senhor poderia perguntar à *signora* se o neto dela, quando informado sobre o dinheiro enviado pela mãe, pediu o endereço dela?

Ficou óbvio que a pergunta a desagradou.

— Pediu.

— A senhora deu o endereço a ele?

— Não.

— Mas ele poderia ter conseguido com o banco?

— Sim, poderia.

— A senhora discutiu com ele por causa disso?

— Já fui bastante clara ao dizer que essas perguntas relativas ao meu neto parecem-me irrelevantes.

— Infelizmente, *signora*, tenho razões para crer que seu neto veio até aqui para encontrar a mãe. Temos provas de que um garoto chamado Christian estava na *villa* que pertencia a ela. O garoto desapareceu durante o verão e, depois, um corpo foi encontrado. E pode muito bem ser o dele. Se a aborreci com tantas perguntas foi apenas na tentativa de verificar essa possibilidade. Se a senhora dissesse que seu neto estava em casa, vivo e bem, seria possível poupá-la da desagradável tarefa de tentar identificar o corpo e as roupas do garoto encontrado morto. Sinto muito, *signora*, mas isso agora será necessário.

Outra vez aquele leve tremor nos lábios.

— Tenho certeza de que o senhor está enganado.

— Sinceramente, espero que sim.

— O senhor tem que estar enganado. Meu neto... Ele estaria com documentos, com o passaporte...

— Nenhum documento foi encontrado. É possível que a morte tenha sido causada por uma overdose acidental de heroína e que os documentos tenham sido removidos do local pelos companheiros dele, para evitar qualquer envolvimento. Já pedi ao *avvocato* Heer para acompanhá-la quando formos ao Instituto Médico Legal. Talvez a senhora devesse comer alguma coisa antes.

– Não. Esse equívoco deve ser esclarecido logo... Imediatamente. Espere... O senhor disse que ele desapareceu no verão?

– Sim. Só recentemente encontramos o corpo.

– Mas isso quer dizer que... – o rosto dela enrubesceu e as mãos se crisparam em volta da bolsa negra repousada em seus joelhos.

– Receio que identificá-lo, mesmo para a senhora...

Mas ela o interrompeu, falando rapidamente com o advogado, sem dar tempo para traduzir. Quando ele finalmente conseguiu pará-la, disse:

– Ela quer saber, caso seja o neto dela, se morreu antes da mãe.

Só neste momento o capitão começou a entender a relutância dela em falar sobre o garoto.

– Um mês antes – ele viu e entendeu o alívio no rosto dela ao ouvir a tradução. – Ele havia se tornado violento?

– Começou a exigir dinheiro, grandes somas em dinheiro.

– Ele a ameaçou de alguma maneira?

– Ele... Roubou de mim. A despeito de todos os meus esforços, ele... Até mesmo meus vasos chineses, eles foram de minha mãe e ele sabia disso, sabia quanto eu os estimava e os roubou, porque me recusei a lhe dar dinheiro. Estava tentando ajudá-lo e ele roubou coisas que eram... Elas não eram as coisas mais valiosas da casa, mas fez aquilo para me magoar e eu estava tentando ajudá-lo. Não havia ninguém a quem eu pudesse recorrer, o senhor entende. Não havia um homem na casa, ninguém a quem pudesse pedir conselhos e sou uma mulher idosa, velha demais para saber como conviver com algo assim.

– Ninguém podia esperar que a senhora convivesse com a situação, *signora*. Ele precisava de ajuda profissional.

– Ajuda profissional? Mainz é uma cidade provinciana, capitão. Se alguém tivesse descoberto... eu queria protegê-lo, *sempre* tentei protegê-lo.

– Tudo isso começou quando ele tinha 18 anos? Quando a senhora contou a ele sobre a mãe e o dinheiro?

– Eu... Talvez sim. Não havia pensado nisso, mas deve ter começado por volta dessa época. Embora ele tenha sido sempre difícil, retraído. Eu errei, então, em contar a ele. Sempre tentei ser justa, fazer o que fosse mais honesto, mas, neste mundo, as pessoas desonestas sempre se dão melhor. Se o senhor soubesse como sofri no último ano! Foi quase um alívio quando ele partiu. Eu não o reconhecia mais, ele tinha se transformado em um estranho, quase um monstro.

– A senhora tinha medo dele?

Ela não respondeu de imediato. Sacudia a cabeça como se tentasse negar tudo e suas mãos magras remexiam o fecho da bolsa, desajeitadamente.

– Perdoe-me – ela tinha conseguido abrir a bolsa, mas parecia ter esquecido o que estava procurando. Duas grandes lágrimas rolaram por suas faces enrugadas, traçando riachos rosados no pó branco.

O capitão deu um lenço dobrado para ela, que aceitou, passando-o de leve nos olhos e assoando o nariz.

– Apenas queria que ele fosse bem-sucedido e feliz, que tivesse uma vida limpa e respeitável, como o pai. O senhor compreende?

– Compreendo. Seria muito útil para nós se a *signora* pudesse identificar sua nora, mas se lhe for muito penoso olhar o corpo do garoto que encontramos poderemos estabelecer se ele é ou não o seu neto por meio dos registros dentários. É o que faríamos de qualquer modo, caso a *signora* não tivesse vindo ao meu encontro.

– Mas isso levaria tempo... – ela retorcia o lenço úmido entre os dedos, esquecendo-se de enxugar as lágrimas que fluíam.

– Sim, levaria mais tempo.

– Então prefiro saber agora, enquanto estou aqui. Se o senhor apenas puder me dar um momento para me recompor...

– É claro. A *signora* gostaria de comer algo antes de irmos?

– Não, eu não conseguiria. Gostaria apenas de um copo de água.

– Posso conseguir conhaque, se a *signora* preferir.

Ela sacudiu negativamente a cabeça.

O capitão ligou pedindo água e foi até a sala ao lado. O comandante estava sentado, quieto e impassível. O garoto, agora ereto em sua cadeira, parecia assustado e agitado. Talvez o telefonema para sua casa o tivesse deixado mais consciente da realidade da situação. Quando ele viu o capitão, levantou-se de um salto.

– O senhor vai ver, não pode me manter aqui. Meu pai vai chegar amanhã!

O capitão o ignorou e perguntou a Guarnaccia, que se levantou bem devagar:

– Ele comeu alguma coisa?

– Café e um sanduíche.

– Então vamos.

Seguiram para o Instituto Médico Legal em dois carros, o comandante no segundo, com Sweeton. Quando deixaram o calor suave da ensolarada *piazza* e começaram a subir os degraus na sombra fria do grande edifício, o garoto parou de repente.

– Vocês não podem me forçar a entrar aí se eu não quiser – sem pensar, ele falou em inglês. O comandante, apesar de ter entendido, não disse nada, apenas impediu que o garoto retraísse seu grande corpo e eles seguiram adiante.

O gélido saguão com piso de mármore cheirava deprimentemente a formol.

– Segure-o aqui por enquanto – o capitão apontou para um brilhante banco de madeira. – Vamos tratar primeiro da identificação da mulher.

Ele foi falar com alguém no guichê da recepção e, após uma breve espera, um servente o levou por um longo corredor, seguido pela velha senhora e pelo advogado.

– Sente-se – disse o comandante para Sweeton, mas ele próprio permaneceu em pé, seus grandes olhos sobre o rapaz, que parecia tão doente como se já tivesse visto o cadáver.

Os outros não tinham ido há muito tempo, quando o servente voltou.

– Por aqui.

Quando se reuniram com o grupo na sala de armazenagem, descobriu-se que tinha ocorrido um engano, pois o corpo do garoto tinha sido removido para a sala de dissecação, em outro andar. Foram conduzidos por outro servente, que disse:

– O professor começará o trabalho quando voltar do almoço.

Eles saíram do elevador em um corredor onde o cheiro era bem mais forte.

– Aqui dentro.

– Só um momento – o capitão puxou o homem para o lado, para conversar com ele. – Nós achamos que pode ser o neto dessa mulher. Se o corpo puder ser coberto parcialmente, para que ela não veja que a cabeça...

– Está tudo bem, eu mesmo o trouxe e ainda está coberto. O senhor quer que as roupas sejam trazidas? Vai lhe poupar tempo.

– Sim, se você conseguir isso.

– Vou apenas verificar se há alguém que possa cuidar de vocês.

O grupo que aguardava mal teve tempo de olhar de relance um canto do escoadouro de dissecação, que se abria sobre uma calha no centro do chão de ladrilhos, quando John Sweeton se curvou, como se fosse vomitar. Não vomitou. Em vez disso, girou e deu uma cabeçada na barriga do comandante, fugindo pelo corredor ainda com a cabeça baixa.

– Eu cuido dele – o comandante tinha previsto a fuga, mas não o golpe no estômago, e já tinha verificado onde ficava a escadaria. O corredor era um beco sem saída. Correu atrás do garoto, que escorregou até conseguir parar quando não viu escapatória, e se virou para ver o comandante o alcançando. Correu para uma porta à esquerda e a bateu. Houve um barulho metálico, seguido pelo estilhaçar de vidro no piso de ladrilhos. Quando o comandante chegou à porta, encontrou-a trancada por dentro.

O servente se juntou a ele.

– O que há aí dentro?

– É apenas um depósito. Isto aqui mexe com as pessoas de maneiras engraçadas, provavelmente ele vai se acalmar, se o senhor o deixar sozinho um pouco.

– Ele não pode escapar por aqui?

– É só um depósito, não tem nem mesmo uma janela.

– Deixe-me só, vou cuidar disso.

– Se tem certeza de que pode controlar a situação...

– Cuidarei disso.

Quando ficou sozinho, o comandante bateu de leve na porta trancada.

– Não! – a voz estava histérica e quase irreconhecível. – O senhor não pode me fazer entrar lá! Não tem esse direito!

– E você não tem o direito de se trancar aí – repetiu o comandante, impassível.

– Vou ficar aqui tanto quanto eu quiser e o senhor não pode me impedir!

– Posso arrombar a porta.

– Vocês vão se arrepender disso quando meu pai chegar! – era a voz de uma criança dizendo coisas infantis, e o comandante teve certeza de que o garoto estava chorando.

– Seu pai não vai chegar até amanhã. Você vai ficar aí esse tempo todo?

– Não me importo com o que está dizendo, não quero vê-lo e vocês não podem me forçar!

O servente reapareceu ao lado do comandante. Estava carregando algumas roupas embrulhadas em sacos plásticos.

– O senhor não parece estar acalmando o garoto.

– Não estou tentando acalmá-lo – rosnou o comandante.

O servente o deixou.

– Ouça-me – disse o comandante em voz alta, com a boca perto da porta –, se continuar se comportando desse jeito, vai ficar mais encrencado do que já está.

– Eu não estou encrencado! Vocês não podem provar nada e meu pai...

– Eu disse para me ouvir! Ninguém sabe ainda como aquele garoto morreu, mas, se você continuar assim, terão todas as razões para pensar que você teve alguma coisa a ver...

– O senhor está mentindo! O senhor não acredita nisso e eu não tinha motivo para fazer aquilo!

– E como saberemos? Você está nos dando uma razão para prendê-lo e, depois disso, com pai ou não, vai levar um longo tempo para provar o que fez ou não. E você não vai achar a prisão mais confortável do que o lugar em que está agora.

Quando não houve resposta, o comandante, nervoso, bateu o ombro contra a porta, sem a intenção de quebrá-la.

– Vá embora! – gritou Sweeton.

– Abra a porta!

– Espere... – houve um ruído arrastado, um esmigalhar de vidro e a porta se abriu, ligeiramente.

Em vez de deixar o garoto sair, o comandante forçou a entrada e fechou a porta de novo.

– O que está fazendo? Deixe-me sair!

– Há um minuto você queria ficar aqui.

A sala estava escura, exceto por uma fraca luz cinzenta vinda de um buraco de ventilação que a conectava com a sala vizinha. Sweeton tinha recuado até o canto mais distante, entre prateleiras de madeira cheias de frascos de vidro, alguns dos quais se quebraram quando ele tentou se esconder. O comandante podia sentir muito vidro quebrado sob os pés e um balde de metal brilhante estava virado, no meio da sala, que fedia a desinfetante. Ele deu um passo adiante.

– Afaste-se de mim! – O garoto segurava uma das mãos, como se estivesse ferida, mas era impossível enxergar no escuro se estava sangrando ou não. O comandante pegou o balde virado e o pôs de lado.

– Não se aproxime, estou avisando. Se me tocar...

– Já basta...

Mal dava para enxergar o rosto pálido de Sweeton. Sua respiração entrecortada era a de uma criança perturbada, exausta pelo choro. O comandante também estava perturbado. A única resposta aos problemas desse garoto era enviá-lo para a casa de seus pais e afastá-lo das drogas. Porém, ele já tinha se afundado demais para ser assim tão simples. Era tarde demais, esse era o problema. Se ele tivesse dito o que pensava na noite antes de prenderem Querci... Mas Querci tinha feito o que fez e ninguém podia mudar isso. Não se podia fazer muito para ajudar as pessoas quando se chega a esse ponto e, para completar, elas enxergavam você como o vilão, como esse garoto estava fazendo agora. Logo seria a vez de Querci olhar para ele do mesmo jeito. Bem, tinha tentado assustar o garoto e agora havia conseguido.

O comandante não era muito bom no papel que tinha decidido interpretar e ficou ali parado na pequena sala escura, perguntando-se o que fazer em seguida. Mas o garoto via apenas o volume ameaçador diante de si, e o silêncio o tornava mais ameaçador do que nunca.

– Se eu contar o que aconteceu a Christian...

O comandante não quis se arriscar a falar.

– O senhor não vai tocar em mim?

– Diga-me o nome dele.

– O nome dele? Não sei, juro. Eu o vi apenas aquela vez.

– O sobrenome de Christian.

– Eu... não sei... O que isso importa? Ele nunca disse.

– Importa para nós.

– Não sei. Nunca nos incomodamos de perguntar essas coisas, as pessoas apenas iam e vinham. De qualquer modo, tudo aquilo foi ideia dele.

Sweeton fungou e levou as duas mão ao rosto, para enxugá-lo.

Vendo a mancha escura que ficou, o comandante chegou um pouco mais perto para dar uma olhada em sua mão.

– Não me toque! O senhor prometeu...
– O que prometi? – ele parou de novo.
– Vou contar tudo, eu disse que contaria...
– Então?
– Foi ideia de Christian, eu juro.
– Já disse isso. Que ideia?
– Sobre a mulher dona da *villa*. Ele disse que podia tirar dinheiro dela.
– Para comprar drogas?
– Sim. Ele a conhecia, ela era alemã, como ele.
– E por que lhe daria dinheiro?
– Ele sabia algo sobre ela...
– Você quer dizer que ele a estava chantageando?
– Não começou assim... Nós não... Ele não planejou assim. Nas primeiras vezes, ela só deu dinheiro a ele. Eu não estava lá, juro, não a conhecia. Nem mesmo a vi alguma vez.
– E ela apenas deu dinheiro a ele.
– Ela o levou para jantar também. Talvez ela... De qualquer jeito, é verdade que lhe deu dinheiro. Ele me mostrou os cheques e me disse que tinha muito mais no lugar de onde aqueles vieram. Daí, o corretor apareceu na *villa* com um arquiteto, eles iam reformar o lugar todo.
– Pediram para vocês irem embora?
– Não. Pelo menos, não até que meu contrato expirasse.
– Mas Christian não tinha um contrato, tinha?
– Não, mas não estava preocupado. Disse que a mulher estava reformando o lugar e esperava morar lá com ele. Não

sei se isso é verdade, ele estava sempre inventando coisas para se fazer de importante. Era bem maluco.

– Mas como você fez amizade com ele? Você fala alemão?

– Não, mas ele falava inglês, assim como francês. Era brilhante em idiomas; mesmo assim, era maluco.

– Mas você fez amizade com ele – insistiu o comandante.

– Ele estava lá, só isso.

– E ele lhe deu dinheiro.

– Ele gostava de mostrar que era alguém.

– Quando seu pai chegar, o capitão vai querer saber quanto dinheiro ele estava mandando para você.

Depois de uma pausa, o garoto disse:

– Meu pai tinha parado de mandar dinheiro.

– Estava zangado com você?

– Eu devia ter voltado na primavera, para me candidatar à universidade.

– E você não queria ir?

– Ele queria que estudasse Direito, e eu queria pintar.

– Então você pegou dinheiro com Christian.

– Emprestou-me um pouco, foi só isso.

– Ele pretendia viver na *villa* com a mulher?

– Não, disse que estava louca se achava que ele ia se enterrar em um buraco daquele com ela. Falou que ia para Amsterdã, pois lá era o melhor lugar para conseguir drogas e que ia conseguir dinheiro com ela para ir, porque ela não ousaria recusar, pois sabia tudo sobre ela e de onde vinha o dinheiro.

– Como ele sabia?

– Disse que ela mesma contou, mas eu nunca conseguia saber quando estava falando a verdade ou fantasiando. De qualquer modo, disse ter combinado se encontrar com ela perto do forte e me pediu para levá-lo, porque eu tenho uma motoneta. Não há ônibus de volta para Greve à noite.

– Ele prometeu uma parte para você?

– Iria me emprestar alguma coisa, só isso. Eu nem mesmo conhecia aquela mulher!

– Está certo. Prossiga.

– Quando chegamos lá, me escondi, inclusive a motoneta.

– A mulher veio sozinha?

– Ela não veio. Um carro foi até onde Christian estava esperando. O motorista baixou a janela para falar com ele, era um homem.

– Pôde ouvir o que eles diziam?

– Eu estava muito longe...

Sweeton estava segurando a mão machucada contra o peito. Devia estar doendo muito, o comandante não ousou se mover.

– Christian entrou no carro?

– Não, o homem desceu e eles caminharam um pouco pela colina. Eu os segui por parte do caminho e me escondi de novo.

– Você ainda não podia escutar o que estava acontecendo?

– Eu estava muito longe e não arrisquei chegar mais perto. Ele nunca disse nada sobre um homem, tinha me contado que a mulher morava sozinha. Pensei que podia até ser um policial. Mas aí o vi dar um envelope a Christian e então... Quando Christian se virou, o homem o agarrou, ele simplesmente o pegou pelo pescoço. Não houve ruído...

– Você não tentou ajudá-lo?

– Não houve ruído. Apenas os grilos e estava muito quente, eu estava transpirando, ensopado. Não houve som algum e havia casas ao longo de um dos lados da alameda, com as persianas fechadas e escuras. Foi como se nada estivesse

acontecendo. Se Christian tivesse chamado por socorro... vi suas mãos se erguerem e então ficarem paradas, as duas, pelo que pareceu um longo tempo. Não arrisquei me mexer...
— Poderia tê-lo ajudado.
— Não pude! Não pude ajudá-lo! Se o homem tivesse me visto, teria me matado também! Havia casas lá, ele deveria ter gritado, mas não houve barulho! Ele era louco, eu disse, deveria ter gritado para fazer com que alguém aparecesse, gritado e gritado, e eu não pude... Daí o homem se curvou sobre ele... depois caminhou até o carro e foi embora. Eu vi Christian na vala, com os olhos abertos, olhando para mim...
— Pegou os documentos dele?
— Não o toquei, corri colina acima e peguei minha motoneta... Mal consegui ficar em cima dela, porque estava tremendo muito. Foi culpa dele, o senhor não entende? Ele deveria ter gritado...

Arremessou-se contra o lado das prateleiras de madeira, com a cabeça curvada sobre o braço e sacudido por grandes soluços em seco. O comandante recuou até a porta e a abriu. Viu os ladrilhos cinza, o vidro quebrado mergulhado em desinfetante raiado de sangue, e ouviu os passos do capitão se apressando pelo corredor, em direção a eles.

10

— O que aconteceu com ele?
— Cortou a mão. É melhor o levarmos até o hospital para dar uns pontos. Chamarei o servente e explicarei essa bagunça... O senhor terminou?
— Sim. Eu os mandei de volta em meu carro. A mulher está em mau estado, mas identificou o garoto de maneira bem conclusiva, principalmente pelas mãos e pelo bracelete de couro. Ele o usava há anos. Podemos nos arranjar sem que Sweeton precise vê-lo.
— Não quero, não me obriguem... — vinda de dentro do depósito, a voz de Sweeton tinha perdido toda a rebeldia.
— Venha, vamos tirá-lo daqui.
Sem protestar, o garoto permitiu que o comandante o conduzisse para fora da sala.
Foram embora no outro carro, com as luzes e as sirenes ligadas e chegaram em minutos a um hospital de emergência próximo. O doutor que os recebeu olhou primeiro para o garoto ferido e depois para os uniformes, e perguntou:
— Um acidente de carro?
— Não — o capitão não ofereceu nenhuma outra explicação, pois isso teria tomado muito tempo. O doutor levou o garoto sem dar detalhes. Quando retornou até onde o estavam aguardando, parecia inquieto. Não havia como saber o que o garoto havia dito a ele.
— Ele parece estar em choque. Muito mais do que aqueles ferimentos justificariam. O que pretendem fazer com ele?

O capitão já tinha pensado nesse problema enquanto esperavam, tendo já ouvido o relato do comandante. Ele podia prender Sweeton sob a acusação de chantagem, mas teria problemas para fazer isso colar. O pai do garoto era um juiz inglês e passaria por cima da cabeça dele assim que pudesse, para chegar até o promotor-substituto. Sabia como as coisas seriam a partir daí. Porém, o garoto era uma testemunha-chave e estava assustado. Se o deixassem ir e ele desaparecesse, o substituto ficaria igualmente furioso. E as coisas já estavam ruins o bastante, com aqueles ferimentos para explicar.

– Seria melhor que o senhor o conservasse aqui – disse finalmente –, pelo menos até amanhã.

– Este é um hospital de emergência, não temos leitos sobrando.

– O senhor disse que ele estava em choque.

– Não corre perigo. Onde estão os pais dele?

– O pai dele está chegando da Inglaterra amanhã.

– Esse garoto está encrencado com vocês?

– Sim, está. E se o senhor não pode ficar com ele, o hospital da prisão terá de servir.

– Entendo. Nesse caso, eu o manterei aqui sedado até amanhã. Depois, o pai pode assumir a responsabilidade. Nesse meio-tempo, preciso de um relato por escrito da causa dos ferimentos, vocês encontrarão o formulário apropriado na recepção.

Pareceu que ele teria gostado de falar mais, mas duas ambulâncias tinham parado do lado de fora e uma enfermeira o chamou, quando a primeira maca entrou. Com um aceno curto, ele os deixou.

Foi o comandante quem preencheu o formulário. Quando acabou, disse:

— Agora a questão é se o garoto vai contar a verdade quando o pai chegar.

— O senhor acha que ele vai fazer isso?

— Não sei — o comandante estava procurando seus óculos escuros quando se aproximaram das portas de vidro da entrada. — Não sei.

— *Fugindo?* O que o senhor quer dizer com *fugindo?* — disparou o promotor-substituto. Ele nunca fez qualquer segredo por sua preferência em trabalhar com a polícia a trabalhar com os *carabinieri* e, sem dúvida, agora considerava suas opiniões justificadas. O capitão segurou o fone um pouco longe do ouvido, enquanto o sermão continuava sem sinal de trégua.

— E quem é o comandante que deveria estar encarregado dele?

— Guarnaccia, senhor, da Stazione Pitti.

— Guarnaccia? Guarnaccia... já ouvi esse nome, ele já teve problemas antes?

— Certamente não. Com frequência, tem sido muito útil.

— Foi mesmo? Bem, ele foi excepcionalmente inútil desta vez. O senhor percebe que o pai desse garoto é um juiz e que, quando chegar aqui, haverá problemas? Por que ele não estava sendo escoltado de maneira apropriada?

— Ele não estava preso, senhor. E os homens que tenho estão ocupados por completo com outro caso...

— Não estou interessado em outros casos! Estou interessado *neste* caso e quero um relatório completo sobre todo esse negócio, antes que o pai chegue aqui amanhã. Onde está o garoto agora?

— Sedado no hospital.

— Mande um homem para lá rápido para montar guarda! Se ele sair e desaparecer antes que o pai chegue...

— Já fiz isso. É claro, se o senhor não se importar de assinar o mandado, nós podemos prendê-lo sob a acusação de chantagem.

— O senhor não fará nada desse tipo! Cuidarei disso. E o senhor estará mais bem empregado conseguindo provas concretas contra esse Querci. Se soubesse executar seu trabalho, já o teria feito falar antes.

Ainda mais, pensou com amargura o capitão, quando não se tem um pai juiz que se importasse com alguns hematomas. O capitão poderia ter se defendido, no que se referia a provas, contando ao substituto sobre o testamento de Hilde Vogel, mas não o fez. Esperaria por Guarnaccia, não importa quanto tempo levasse, com ou sem substituto, porque se tivesse usado de bom-senso e ouvido o homem da primeira vez...

No caminho de volta do hospital, o comandante tinha murmurado algumas desculpas:

— Foi minha culpa, eu deveria ter falado antes que, se o senhor o prendesse, teria tornado as coisas bem mais fáceis. Se soubesse que ele precisava de dinheiro... Ele pareceu satisfeito o bastante para mim.

— Ele estava. Era a mulher dele que desejava que ele parasse de trabalhar no hotel, depois daquele caso em Milão. Queria que ele comprasse a loja do pai dela.

— Percebo. Não sabia disso, apenas me pareceu óbvio que, se ele não tirou nada do quarto... Bem, eu devia ter falado.

— E eu devia ter pensado nisso também.

Ele não se importou em admitir aquilo, mas mal podia admitir que tinha ficado feliz por deixar Guarnaccia ir naquela noite, antes de o substituto chegar. Descendo do carro na Pitti, o comandante perguntou:

— Eles têm filhos, não?

— Uma garotinha.

— Estarei com o senhor assim que acabar, vou levar Lorenzini comigo.

Finalmente, o substituto chegava ao fim de seu discurso, já que o capitão, com a mente em outro lugar, estava respondendo apenas "sim, senhor" e "não, senhor", sem lhe dar mais combustível para maiores ataques. Ao final, ele desligou, sentindo-se melhor do que esperava. Havia dado o melhor de si para evitar aquele tipo de confronto, como fazia com todos os magistrados. Mas, agora que tinha acontecido, sentia-se livre para continuar o trabalho à sua própria maneira e para deixar Guarnaccia continuar à maneira dele. Puxou o arquivo do caso Vogel e o abriu. Com sorte, teria cerca de duas horas antes de ser interrompido e agora dispunha de toda a informação necessária, com exceção do que Querci em breve lhe contaria. Abriu o passaporte cinza e novamente viu aquele olhar calmo e irônico. Chantagem? Não, não poderia ter sido isso. O que quer que fosse, tudo mudou quando o filho dela chegou, uma repetição de sua própria chegada todos aqueles anos antes. Mas, daquela vez, os papéis foram trocados. Era o filho quem não queria saber dela. Uma coisa, de qualquer maneira, estava certa. Independentemente das situações em que Hilde Vogel esteve envolvida em todos aqueles anos, se tivesse sido firme e fria como seu pai, talvez ainda estivesse viva hoje, assim como seu filho. Aquele momento de afeição maternal ou de sentimentalismo, sua tentativa de compensar um passado miserável, resultou em desastres piores do que a maioria dos crimes jamais fez. A página do jornal em que foi mencionado o corpo não identificado no Arno também estava no arquivo e Maestrangelo a leu. Leu outra vez fazendo uma careta. Então um leve sorriso cruzou seu rosto, quando ele próprio achou absurdo o que estava pensando.

Apesar disso, ainda olhando para o jornal, pegou o telefone e pediu para que se fizesse uma ligação para um colega alemão, com quem trabalhara por mais de seis meses em um caso de sequestro, no ano anterior. Ele não era a pessoa certa a quem pedir, mas ao menos eles conseguiam entender um ao outro em uma mistura de italiano e inglês. E ele encaminharia a solicitação para o lugar correto. Levou algum tempo até que o encontrassem; porém, quando sua voz trovejante por fim soou, evocou uma imagem instantânea do homem grande com cabelos arruivados, cujo rosto claro costumava ficar vermelho com o primeiro copo de vinho. Era um policial excepcionalmente inteligente, cuja aparência de urso lhe dava a vantagem adicional de parecer inofensivo e um pouco estúpido. A primeira reação dele ao pedido do capitão foi de surpresa.

– Não havia nada nos jornais daqui sobre isso.

– Havia muito pouco aqui, também. Sei que não devia estar pedindo a você...

– É claro que devia! Terei o maior prazer em ajudá-lo! Deixe-me anotar o nome... Becker, você disse?

– Walter Becker. Tenho certeza de que não haverá nada em seus registros, mas é melhor verificar.

– E alguma informação adicional poderia ser útil também, imagino?

– Ficarei muito grato por qualquer coisa, se for possível.

– Onde ele morava?

– Mainz.

– Mainz? Farei contato com eles agora mesmo. Mesmo número, mesmo escritório?

– Sim.

– Você não imagina como sinto falta da Itália. Aposto que ainda está quente, mesmo agora.

– Mais ou menos.

– Você não sabe como tem sorte! Está chovendo e ventando há mais de uma semana aqui e metade de meus homens está de licença, com gripe. Eu ligo de volta.

Depois de desligar, o capitão começou uma leitura sistemática de todos os depoimentos do caso Vogel, fazendo anotações para usar em seu relatório. A aguardada interrupção veio depois de apenas uma hora, quando um de seus agentes à paisana chegou e colocou um pequeno pacote sobre a escrivaninha.

– Nós o pegamos, senhor.

Ficou agradecido por isso. Se alguma vez ele precisou de toda a concentração em um caso, era naquele momento.

– Leve para o laboratório, gostaria de ter a análise antes que ele seja preso, se possível. Descobriu onde ele mora?

– Sem chance, senhor, mas vou encontrá-lo na *piazza* às dez da noite, hoje. Ele vai me dar um pouco da mercadoria para vender.

– Vá até o tenente Mori, ele vai conseguir um mandado. Poderá ir com você hoje e quero pelo menos outros três homens lá.

Deu o resto das instruções e tentou compartilhar do entusiasmo do jovem. Afinal, os rapazes fizeram um bom trabalho. De que serviria deprimi-los com um lembrete de que, para cada fornecedor ou traficante apanhado, outro rapidamente tomaria o seu lugar?

– Você trabalhou bem – disse, finalmente. – Mas lembre-se, você não terá acabado até trazê-lo para cá. Acima de tudo, seja cuidadoso. Esse encontro pode ser uma emboscada, e também, a despeito de todas as precauções, se for, não será tão fácil arranjar ajuda para você a tempo. Leva só alguns segundos para esfaquear alguém ou jogá-lo dentro de um carro.

E ele não seria o primeiro a ser espancado até a morte ou esfaqueado em um trabalho assim.

– Terei cuidado, senhor.

– Vá descansar depois que tiver falado com o tenente e deixado isto no laboratório.

Com aquele problema fora do caminho, o capitão voltou ao trabalho, parando apenas ocasionalmente para olhar a foto de Hilde Vogel ou para a janela, imaginando quando Guarnaccia chegaria.

– Tire os sapatos – sugeriu o comandante –, ou ficaremos mais encrencados ainda por fazer bagunça.

Lorenzini sentou-se na beirada de uma banheira, para desamarrar os cadarços.

– Parece-me um lugar improvável.

– Mas é o único que sobrou. Tem de estar aqui, em algum lugar. Espere, vou mover esta coisa.

O comandante tirou todos os frascos e um copo com duas escovas de dentes da prateleira do armário do banheiro e colocou-os em um canto, no chão.

– Pode subir.

Lorenzini equilibrou-se precariamente na beirada do bidê e olhou por trás do armário de vidro.

– Não consigo ver nada.

– Vamos ter de tirá-lo.

– Mas é parafusado na parede.

– Os ganchos são presos na parede. Basta levantar o armário e tirá-lo dos ganchos.

— Equilibrado assim não vai ser fácil... Só um minuto, ele deve vir um pouco para a frente.

O topo do armário escorregou para a frente cerca de um centímetro e algo caiu logo atrás dele.

— Está vindo... Empurre de volta agora e puxe a parte de baixo para a frente... Aí está. Fique parado, eu peguei. Certo, pode descer.

Quando terminaram de arrumar tudo, foram para o quarto, que tinha outra aparência, agora que estava ocupado por outras pessoas. Duas capas de chuva de cores chamativas estavam sobre a cama e havia mapas e um guia de Roma sobre a mesa de cabeceira, junto com uma caixa de um cereal matutino estrangeiro. O gerente do Riverside esperava no corredor, mal-humorado e ansioso com a ideia de que seus hóspedes poderiam voltar antes de eles terem terminado.

— Está tudo certo — disse o comandante —, acabamos. O senhor não nos verá de novo.

— Presumo que vocês acharam o que procuravam...

Mas o comandante não lhe ofereceu nenhuma informação.

Cerca de meia hora depois, estava sentado sozinho na cozinha de Querci, equilibrando-se sobre uma cadeira de fórmica muito pequena para ele. Olhava pela janela, para outra idêntica em um bloco do lado oposto da rua. A tarde tinha ficado cinza e fechada, e a atmosfera da pequena sala era lúgubre. Restos de um almoço frio e apressado entulhavam a pia. O chapéu do comandante estava sobre a mesa, ao lado da máquina de escrever. A garotinha, ele sabia sem precisar olhar, ainda o fitava pela fresta da porta ligeiramente aberta. As únicas vozes vinham do apartamento vizinho.

A *signora* Querci entrou, com um pacote em uma das mãos.

— Estava onde o senhor disse, no alto do guarda-roupa.

Ela não parecia ter chorado, mas o rosto e o corpo dela tinham perdido a firmeza e ela parecia mais velha do que era. O comandante levantou-se e apanhou o pacote. Na porta, a garotinha falou de repente, em voz aguda:

— Onde está meu pai?

— Disse a você, ele está no hospital — respondeu a mãe rapidamente, sabendo que a pergunta não tinha sido para ela.

Mas a criança, sem acreditar, manteve os olhos fixos sobre o comandante, em acusação. Ele ficou tão desconcertado que se virou e desceu a pé as intermináveis escadas, com receio de que as duas ficassem olhando-o enquanto esperava o elevador.

O telefonema veio da Alemanha às 17h45. O céu havia escurecido mais cedo, com nuvens pesadas, e o capitão tinha acendido a luminária da escrivaninha.

— Maestrangelo? Desculpe-me por ter demorado tanto, mas, como você pensava, não havia nada em nossos registros, então fiz contato com Mainz em seguida. O problema foi encontrar alguém que se lembrasse dele ainda. No fim, alguém sugeriu um homem aposentado pela polícia há quatro anos e, é claro, levou algum tempo até conseguir fazer contato com ele. Parece que o seu homem era bastante excêntrico.

— O negócio dele era legal?

— Oh, nada errado com os negócios, de importação e exportação. Tinha escritórios em Frankfurt, mas seus armazéns eram em Mainz, sua cidade natal. Tinha também uma loja lá.

— Com o que ele negociava?

— Um pouco de tudo, com exceção de alimentos e de suprimentos industriais. Produtos de couro, joias, porcelana, esse tipo de coisa. E uma vez comprou mármore de Carrara, peças trabalhadas para serem transformadas em mesas aqui. Tudo muito lucrativo.

– Alguma ideia de por que ele desistiu disso?

– Nenhuma. Mas com certeza não foram problemas nos negócios. A empresa ainda está bem, embora tenha expandido os negócios e trate com uma porção de artigos de baixa qualidade que Becker nunca tocou. Ele gostava de qualidade e, de acordo com todos os relatos, era muito inteligente e frio.

– Alguma coisa sobre a vida pessoal dele?

– Muito. Mainz é um lugar pequeno e ele era um homem rico e influente, muito conhecido, apesar de pouco apreciado. Em certa época estava, aparentemente, mantendo duas amantes. De maneira muito aberta, mas era óbvio também não ser do tipo que perdia a cabeça por esses assuntos, não se casou com nenhuma das duas. Havia rumores de que ele era do tipo que se pode chamar de "bizarro".

Ele disse aquilo em alemão. Quando o capitão não compreendeu, procurou por sinônimos em inglês ou italiano, então explicou:

– Preferências sexuais peculiares. Não conheço nenhum detalhe e pode muito bem ser apenas um rumor. Porém, não foi isso, de qualquer modo, que o tornou impopular, mas outro de seus hábitos estranhos.

– As brincadeiras de mau gosto?

– Já sabe sobre elas? – ele pareceu desapontado.

– Não sei quase nada, apenas que ele se deliciava com elas.

– Bem, algumas tiveram repercussões bem sérias, em especial na época em que ele fez parte do Conselho Municipal. De alguma maneira, colocou em circulação a história de que um membro muito influente do conselho estava sofrendo com uma doença fatal e, de imediato, todos os tipos de reuniões secretas e realinhamentos políticos começaram. Sempre que o assunto surgia, o próprio Becker tinha o cuidado de dizer que provavelmente era um rumor sem fundamento. A pobre vítima não fazia a mínima ideia de que estava perdendo apoio, enquanto novas alianças surgiam à sua volta. Quando a verdade surgiu, ficou tão desgostoso pelo comportamento de seus colegas que renunciou. Isso, de acordo com Becker, provou que o rumor era mais poderoso que a verdade.

– Você quer dizer que ele admitiu ter feito aquilo?

– Ele sempre agia assim. Não buscava manipular as pessoas. Gostava de plateia. E, afinal, havia negado a veracidade da história desde o início. Houve dúzias de truques similares, mas a maioria deles não causou danos sérios como aquele, apenas fez as pessoas se sentirem bobas.

– Ninguém nunca o processou?

– Ninguém gosta de admitir a própria credulidade em público. Além disso, parece que as pessoas tinham medo dele. Sem dúvida, os cidadãos dignos de Mainz ficaram aliviados quando ele partiu.

– Seu homem não tem nenhuma ideia de para onde ele foi?

– De novo, apenas rumores. E quem poderia dizer se eles foram ou não plantados pelo próprio Becker? De qualquer modo, Amsterdã e Nova York parecem ser as especulações mais aceitas. Então, você acha que poderia ser ele?

– Tenho certeza. Exigiria arrogância e o cérebro frio típicos dele.

– Não acho que pise de novo na Alemanha, por isso não irei atrás dele. Você tem sorte, vai criar um caso internacional se apanhá-lo.

– Só que duvido que eu ou qualquer outra pessoa vá apanhá-lo. Obrigado por sua ajuda, mesmo assim. E se serve de consolo, está começando a chover aqui também.

O alemão explodiu em uma gargalhada.

– É, esse riozinho de vocês tem de encher algum dia! Beba uma boa garrafa de *Chianti* por mim. E me conte o que acontecer. Boa sorte!

Começou a chover quase na mesma hora, bem fraco no começo e depois com insistência, em um ritmo constante. A alta janela do escritório do capitão ficou obstruída com gotas de chuva, que rolavam pelo vidro em um desenho em zigue-zague, por causa de pequenas rajadas de vento. Ele se levantou e caminhou até a janela para olhar para fora, mas não se enxergava quase nada.

Seguiu a trilha de uma grande gota de chuva. Ela escorregou para um lado e juntou-se a uma gota menor. Dispunha de todos os fatos listados em ordem cronológica, mas o importante era apresentar o relatório de maneira a convencer o substituto. Provavelmente levaria dias para escrever. A chuva chegara para ficar. Desfolharia todas as árvores nas grandes avenidas que cercavam a cidade e agitaria a água verde do tranquilo rio até transformá-lo em uma grande correnteza marrom. A cidade seria envolvida em uma névoa pesada, por semanas, deixando visível apenas o globo de ouro no topo do domo da catedral. Assim seria até meados de novembro e, quando parasse, seria inverno. Maestrangelo tremeu com aquele pensamento, apesar de o escritório estar quente.

Reconheceu, de imediato, a batida na porta.

– Entre, comandante.

Guarnaccia estava embrulhado em uma negra e enorme capa de chuva. Havia gotas de umidade nos ombros e no chapéu que segurava diante de si. Parecia um pouco sem fôlego, mas, como de costume, seu rosto não dizia nada. Primeiro, depois de colocar o chapéu na escrivaninha, desabotoou o bolso de cima do uniforme e colocou o conteúdo dele diante do capitão. Só então se sentou, ainda respirando pesadamente.

– Onde estava isso? – perguntou Maestrangelo.

– Atrás do armário do banheiro.

– Humm... – o capitão passou de leve um dedo no colar. – E pensar que isto não tem valor algum...

Como o comandante permaneceu calado, continuou:

– Por acaso, você já tinha pensado como isso era estranho, o fato de ela estar nua, mas ainda usando isto?

– Não pensei nisso de maneira alguma, não sei nada sobre esse tipo de coisa.

– Mas você é um homem casado.

O comandante pareceu embaraçado.

– Bom, não sou perito em mulheres e em joias, mas eu deveria ter pensado que ela teria tirado todas essas coisas antes de se despir, em circunstâncias normais.

– Acho que sim.

– A questão é: as circunstâncias não eram tão normais. É provável que Querci nos esclareça isso. Não havia mais nada no quarto?

– Não, mas havia isto – de um bolso maior, Guarnaccia tirou o pacote que a *signora* Querci havia dado a ele. – Eu fui até a casa de Querci.

– E trouxe isto? Sem um mandado?

– Não precisei de um mandado – disse Guarnaccia, brandamente. – Apenas conversei com a esposa dele, ela o encontrou e deu para mim.

É claro. E se Guarnaccia tivesse sido o primeiro a conversar com ela da primeira vez... Bem, não adiantava pensar desse jeito agora. Tinha se deixado pressionar por aquele substituto infeliz e não havia ninguém a quem pudesse culpar, além de si mesmo.

— Ela olhou dentro do pacote?

— Não tenho como saber, mas acho que não. Não acho que ela *queira* saber. Acredito que vá entrar com o pedido legal de separação agora mesmo.

O capitão pareceu surpreso.

— Ela parecia gostar muito dele, apesar de tudo.

— Gosta. O senhor dificilmente poderia dizer que a decisão foi dela. Mais provável ter sido dos pais e do gerente do hotel, que é primo dela ou algo assim. Todos estiveram lá para vê-la, com um advogado. Ela vai precisar de ajuda e deixaram claro que não irão ajudá-la, a menos que o largue.

— Ela pode mudar de ideia, mas quando superar o choque.

— Não sei como poderia, há também a criança a considerar.

— Suponho que você esteja certo — o capitão apalpava o conteúdo do pacote, enquanto o abria. — Fotos, imagino.

Quando as fotos foram espalhadas sobre a escrivaninha, sua incongruência, acima de qualquer coisa, revelou-se desconcertante. O capitão estava interessado muito mais nas que mostravam Hilde Vogel com seu garotinho. Uma havia sido obviamente tirada após o batizado, pois o bebê usava uma longa veste branca, que parecia antiga. Havia fotos do casamento também, em pastas de papelão branco com bordas prateadas e enrugadas, mas apenas do próprio casal. A velha *signora* Vogel estava notavelmente ausente, assim como o sorriso irônico, algo tão habitual nos últimos anos de Hilde Vogel. Quanto às outras fotografias... Elas não podiam ser chamadas de pornográficas. Eróticas soaria melhor, e artísticas também. Maestrangelo não era um grande perito em fotografia, no entanto era fácil perceber que a iluminação e a composição eram surpreendentemente originais e ele estava disposto a apostar que elas tinham sido reveladas pelo próprio Becker. Cada vez mais se tornava óbvio que qualquer coisa em que ele colocasse as mãos, ele o fazia de forma brilhante. Não era de admirar que pensasse tão pouco a respeito de seus semelhantes.

Espalhou as fotografias e observou-as por um momento. O cenário era sempre mais ou menos o mesmo. Seda ou veludo amarrotados, em uma única cor brilhante.

– Exatamente como se fosse fotografar um trabalho de joalheria...

A única diferença era que, nesse caso, tratava-se de um corpo humano decorado com pedras brilhantes e, às vezes, fotografado de tal altura que parecesse alguma minúscula figura cravejada de joias e colocada sobre um tecido caro para exibição. Outras vezes, eram close-ups, uma curva branca contra veludo negro, diamantes como pontinhos de luz contra uma sombra profunda e contorcida. A respiração lenta e regular do comandante era o único som na sala quase escura. Não faria sentido, decidiu Maestrangelo, olhando para cima, perguntar a Guarnaccia sua opinião sobre as fotos, já que ele certamente responderia não saber nada a respeito desse tipo de coisa. Em vez disso, perguntou:

– Por que Querci pegaria essas coisas?

O comandante procurou devagar em outro bolso.

– Achei que poderia se perder, então eu a separei... É tão pequena... Aqui.

Tão pequena que chegava a ser desprezível. Uma fotografia de Querci, mostrando apenas a cabeça e os ombros, obviamente recortada de uma fotografia maior e com mais pessoas. Talvez sua esposa e filha, ou outros parentes, estavam na fotografia. E, provavelmente, ele a tinha retirado do álbum de família sem que a esposa o flagrasse.

– Não poderia ter sido uma desculpa, veja o senhor, ele voltar naquele dia por causa dos sapatos. Ninguém sabia que os lacres seriam retirados – olhou para o relógio. – Não acredito que haja mais nada. É melhor eu voltar, está na hora de meu sargento sair e imagino que o substituto vá querer meu relatório por escrito sobre o menino Sweeton.

– Se pudesse me dar mais meia hora, pelo menos, vou repassar todo o arquivo. É quase certo que o substituto trará Querci amanhã para um interrogatório.

– Tão rápido?

– Tenho certeza e, se ele insistir em assassinato com roubo como motivo, isso significará prisão perpétua.

Os dois estavam olhando para o colar.

– Vou ligar para Lorenzini – disse o comandante.

Quando terminaram, estava bem escuro no lado de fora da janela do capitão, exceto por um clarão rosado e enevoado pairando sobra a cidade e pontos de luz amarela brilhando através da chuva. Maestrangelo ficou ali olhando para fora, enquanto o comandante abotoava a capa de chuva e ajustava o chapéu.

A imprestável peça de joalheria ainda jazia sobre a escrivaninha.

11

Não foi culpa do capitão se as coisas saíram daquele jeito. Mesmo assim, não pôde evitar se sentir satisfeito. Todo o procedimento, no que se referia a ele, tinha sido perfeitamente correto. Havia informado o substituto, ainda no primeiro horário da manhã, a respeito dos novos desdobramentos, em especial sobre o caso do testamento de Hilde Vogel e a descoberta do colar e das fotografias. E, pela primeira vez, o substituto tinha parecido relutantemente satisfeito com ele. Quanto ao resto, de qualquer maneira, era em sua maior parte pura suposição. Embora tudo fosse aparecer em seu relatório, não tinha relação direta com o caso de Querci, única coisa que interessava ao magistrado no momento. Independentemente do que se tivesse passado entre ele e o juiz inglês que chegara naquela manhã, era improvável que o capitão ficasse a par. No outono seguinte, John Sweeton talvez estivesse estudando Direito em alguma universidade, seguindo com resignação os passos do pai. Se por acaso fosse chamado como testemunha, não seria no julgamento de Querci, mas em outro, que provavelmente nunca aconteceria.

A audiência havia sido marcada para as 3h30 da tarde, no escritório do substituto, na Promotoria. Quando Maestrangelo insistiu na presença do comandante Guarnaccia, não foi muito bem recebido.

– Francamente, não vejo necessidade.
– Foi ele que encontrou o colar e as fotografias.
– Nós temos o relatório dele, não temos?
– Sim. Mas não temos provas. Se tivéssemos pegado Querci com o colar, seria diferente. No momento, não há como dizer que não esteve lá todo o tempo. Não há nem mesmo uma digital aproveitável nele. Podemos ter esperança de que Querci confesse quando o vir. Mas, se não confessar, teremos apenas a teoria de Guarnaccia para continuar e, nesse caso, prefiro que ele esteja presente.

E Maestrangelo conseguiu o que queria.

Em consequência, o gabinete do magistrado estava cheio. Querci sentou-se de frente para o promotor-substituto, em uma larga e antiga escrivaninha; de cada lado havia um *carabiniere*. O escrivão do substituto estava sentado um pouco mais para o lado, pronto para registrar os procedimentos. E o jovem advogado indicado para Querci sentou-se ao lado de seu cliente, remexendo nos papéis que segurava, e que se equilibravam na pasta sobre seus joelhos. Maestrangelo estava em pé, atrás da cadeira do substituto, com uma grande pintura a óleo na parede às suas costas, em uma pesada moldura dourada. Guarnaccia, como de costume, havia recuado até um canto, de onde, à sombra de uma estante que ia até o teto, podia observar tudo com seus grandes e ligeiramente protuberantes olhos, e onde todos, com exceção de Maestrangelo, esqueceriam de sua presença.

Eles poderiam estar ali para recitar alguma peça, e a única diferença, apesar de todos terem o mesmo roteiro, era que cada um fazia uma ideia diferente do que seria o resultado.

Maestrangelo divertiu-se com essa ideia, enquanto as preliminares oficiais se desenrolavam. Naquele ponto, não tinha intenção de interromper o substituto, pois este conduzia a cena com a confiança e com as bravatas que tão rápido o haviam feito ir longe em sua carreira. Ele tinha como certo que o próprio Querci, assim que visse as provas sobre a mesa em dois envelopes etiquetados, faria uma confissão completa sem maiores dificuldades. Se tudo não aconteceu dessa maneira, seguramente a culpa foi do próprio substituto, cuja inteligência arrogante podia até oferecer um bom espetáculo em um tribunal, mas que reduziu um infeliz como Querci a um silêncio aterrorizado. Tinha o hábito, que Maestrangelo achava enfurecedor, de mover as mãos em gestos elegantes e dramáticos, como se estivesse vestindo a toga negra de mangas largas. Hoje, trajava um terno cinza, e Maestrangelo, olhando-o por trás, via lampejos dos punhos da fina camisa branca quando gesticulava, em contraste com as longas mãos morenas.

Outro irritante hábito, que o capitão havia observado em ocasiões anteriores, era o de de repente se curvar para trás na cadeira com os braços erguidos e exclamando: "Meu caro *fulano*... Certamente, você não está me pedindo para acreditar...".

E aí vinha ele:

– Meu caro Querci... Certamente, você não está me pedindo para acreditar que você não era o amante daquela mulher?

Querci não respondeu. Como poderia responder quando a pergunta, se é que se tratava de uma, era colocada daquela maneira? No curto tempo que passou em uma cela, emagrecera, mais em torno do pescoço. O olhar parecia perdido, como se não se importasse mais em focá-los.

A última pessoa que Maestrangelo lembrava-se de ter visto naquela cadeira fora um velho prisioneiro com uma ferina língua florentina. Ele retrucara excepcionalmente bem às investidas do substituto, que se divertiu muito. A recusa de Querci em entrar no jogo, de dar a deixa para ele improvisar com brilho, estavam começando a aborrecê-lo. Em alguns momentos, com cortesia exagerada, ele permitia ao advogado de defesa falar, sem interrompê-lo ou contradizê-lo, mas aguardando em um silêncio esperançoso e com os olhos brilhando, como se significasse que, decerto, seria dita alguma coisa mais inteligente ou pertinente a seguir. Quando isso não acontecia, um leve sorriso perplexo cruzava o rosto do substituto e ele voltava ao interrogatório, com um ar de aflita gravidade, como se a interrupção tivesse sido um desperdício do tempo de todos. Era uma técnica infalível, mesmo com advogados experientes e que haviam aprendido a esperar por isso. Desta vez, o desafortunado jovem tinha perdido o controle sobre si mesmo e sobre o caso nos primeiros dez minutos.

O capitão estava mais ciente de seu próprio cansaço do que de qualquer outra coisa que se passasse na sala; esta, em sua opinião, estava superaquecida. Isso podia ser apenas por causa de seu cansaço também. Havia continuado o trabalho na noite anterior, muito tempo depois de Guarnaccia ter saído. Datilografou quatro páginas e meia sobre o caso de Querci, e começou segundo relatório, que não havia discutido com ninguém além de seu colega alemão e do comandante. Pouco tempo depois de ter terminado, trouxeram o recém-capturado fornecedor de drogas e ele passou mais de uma hora lidando com aquilo. Não era preciso dizer que Galli tinha aparecido bem antes de seus colegas repórteres, transbordando comida e vinho, opiniões e conselhos, e eles acabaram tomando uísque juntos no escritório do capitão, sabe-se lá até que horas. Sem dúvida, o uísque também havia contribuído para seu atual estado de confusão.

– Na noite em questão, você estava em serviço sozinho?

– Sim...

– Importa-se de falar mais alto?

– Sim. Sozinho.

– A que horas subiu para visitar a falecida?

– Eu não... não a vi. Não vi coisa alguma.

– Sabemos que você tinha o hábito de visitar o quarto daquela mulher. Já admitiu um relacionamento com ela, que dificilmente poderia ter se desenrolado no saguão. Eu cito: "Eu costumava massagear o pescoço dela quando tinha dor de cabeça". Você nega essa declaração?

– Não a vi naquela noite.

O substituto inclinou a cabeça um pouco para a esquerda.

– *Avvocato*, o senhor teria a bondade de informar ao seu cliente que deve responder às perguntas feitas a ele?

O jovem advogado murmurou algo no ouvido de Querci, mas este não deu sinais de tê-lo escutado ou entendido. Apesar disso, quando a pergunta foi repetida, respondeu:

– Não, não nego isso.

– E você massageou o pescoço dela no saguão? Por trás do balcão, talvez?

– Não.

– Obrigado. Você também, de acordo com o depoimento do recepcionista do período diurno, fez do cachorro dela um bichinho de estimação. O animal não tinha permissão para perambular pelas áreas comuns e, em especial, pelo saguão, pois o hotel normalmente não permite animais de qualquer tipo. Você estava de serviço naquela noite. Está me pedindo para acreditar que ela levou o cachorro para visitá-lo, no meio da noite? Nas primeiras horas da madrugada?

– Não...

– Tenho de pedir de novo para falar mais alto. Ela desceu com o animal para visitar você à noite?

– Não.

Como se não tivesse ouvido da primeira vez! Não havia mais do que sessenta centímetros entre eles. Mais do que nunca, o capitão estava enojado com aqueles métodos. Tanto que estava surpreso pelo substituto não sentir as ondas de sua repulsa atingindo-lhe a nuca. Não que se importasse com isso...

– Vocês se encontraram fora do hotel?

– Não! Nunca... Nunca.

– Nesse caso, meu caro Querci – ele se reclinou contra a cadeira, com uma risada suave –, você visitou o quarto dela!

Pela primeira vez, Querci olhou hesitante para o advogado, cuja existência mal parecera notar até então, mas o substituto não lhe deu tempo de falar.

– Sim ou não, Querci. Sim ou não! Visitou o quarto dela?

– Sim.

– Ah!

E isso foi tudo. Em vez da esperada pergunta sobre a noite do assassinato, de repente mudou de curso, apanhou um dos envelopes e, com um gesto amplo, esvaziou seu conteúdo sobre a escrivaninha. Apanhou a minúscula foto e a agitou sob o nariz de Querci.

– Reconhece isto?

– Eu... Sim, é claro.

– É claro! É uma foto sua, não é?

– Sim.

– Eu não gostaria de cometer um erro sobre isto. Você entende, é importante! Uma foto sua, Querci. Quem a tirou?

– Minha esposa.

– Sua esposa? Ela não estava na foto, então? Havia outras pessoas nela, imagino, antes de você a cortar?

– Meus sogros... E Serena.

– Serena?

– Minha filhinha – os olhos de Querci, agora estavam focados, enchendo-se de lágrimas. O rosto estava intensamente vermelho.

– Muito tocante. É claro que você agora seria mais convincente se não fosse o fato de ter cortado sua garotinha dessa foto, para poder dá-la à sua amante!

– Ela não era... Não era assim...

– Então diga-nos como era, Querci.

– Eu... Nada... Ela me pediu uma fotografia e não vi razão... Só que eu não tinha uma só de mim. Não havia mal nisso, ela era uma pessoa solitária.

– Isso mesmo! Não apenas solitária, mas rica também. Com que oportunidade melhor um porteiro da noite poderia esbarrar?

– Não era...

– Não era assim, como continua dizendo. No entanto, você agora sabe exatamente como era, Querci, porque sabemos sobre o testamento!

O advogado de Querci teve um susto visível e então lançou um olhar ressentido contra seu cliente. Mas o próprio Querci estava inteiramente confuso.

– Não compreendo...

– Então, explicarei. Aquela mulher lhe deixou dinheiro. E já que, por uma afortunada coincidência para você, o filho dela acabou sendo assassinado pouco tempo antes dela mesma, você herdará tudo.

Querci olhou de um rosto para o outro à sua volta, como se tentasse entender o que estava acontecendo.

– Eu não sabia. Não sabia...

– O que não sabia? Sobre o testamento? Sobre o filho?

– O testamento. Eu não sabia! Juro!

– Um momento atrás você jurou nunca ter estado no quarto dele, Querci. Então, como pode esperar que alguém acredite em você agora?

Sem lhe dar tempo de responder, o substituto espalhou, em forma de leque, as fotos de Hilde Vogel nua, como um cartomante. Não disse nada e os olhos de Querci as fitaram rapidamente, mas saltaram quase de imediato para o outro pacote, branco e ainda fechado.

– Olhe as fotografias, por favor – disparou o substituto. – Olhe-as com atenção. Já as viu antes?

– Eu... Sim.

– Você as tirou?

– Não!

– Você não está olhando para elas. Está impaciente para saber o que há no outro pacote? Chegaremos lá, agora estou perguntando sobre as fotos.

– Não as tirei.

– Quem fez isso?

– Ele fez... Alguém que ela conhecia. Foi há muitos anos, na Alemanha.

– A que horas você foi vê-la naquela noite?

– Eu não fui.

– Então vamos satisfazer a sua curiosidade! – o substituto pegou o outro pacote e lançou o colar sobre as fotografias.

– Reconhece isto como propriedade de Hilde Vogel?

Houve um silêncio tão profundo que a chuva podia ser ouvida caindo no jardim lá fora. O substituto estava inclinado para frente, os antebraços apoiados sobre a escrivaninha e as costas rígidas. Não repetiu a pergunta. Ninguém na sala se moveu. Querci continuou a olhar para o colar em silêncio e, vagarosamente começou a sacudir a cabeça.

– Não – disse, por fim. – Não.

Foi neste instante que o capitão achou que deveria intervir. Avançou e inclinou-se para murmurar algo no ouvido do substituto. Este olhou para cima repentinamente e hesitou, mas apenas por alguns segundos. Afinal, quando o caso chegasse à corte, ele seria o único lá para receber o crédito. Balançando de lado na cadeira, inclinou a cabeça e acenou, chamando o capitão, como se estivesse no trânsito. Porém, o capitão recuou de volta para seu lugar, sem dizer uma palavra. A julgar pela expressão de todos os outros na sala, poderia ter sido a própria estante que subitamente decidiu falar, quando o comandante deu um passo à frente.

– Não era dela, certo?

– Não. – Querci encarou o olhar inexpressivo do comandante, como se estivesse hipnotizado.

– Pertenceu a Walter Becker?

– Eu nunca soube seu nome.

– Mas sabe a quem me refiro?

– Sim.

– E que voltou na noite em que ela foi assassinada e subiu até o quarto. Você não quis dizer isso para nós, pois o colar era dele, não é isso?

– Se tivesse sido dela, eu não teria...

– É claro que não. Ele costumava enfeitá-la com esse tipo de coisa e, quando ela era mais jovem, costumava tirar fotografias como essa, correto?

– Ele era um pouco esquisito, ela tinha me contado.

– Durante as pequenas conversas de vocês dois. Imagino que ela costumava ligar para você durante a noite e por isso você subia até o quarto.

– É verdade. Mas, ainda assim, nunca houve nada...

– Não importa. Ela ligou naquela noite, ou alguém fez isso, e você subiu pelo elevador de serviço. Quando chegou, não havia ninguém. Você percebeu o que tinha acontecido?

– Não! Se eu tivesse...

– Ela já estava morta. Você sabe agora. Ele a levou para o carro pelo outro elevador, assim que conseguiu afastá-lo do seu posto.

– Eu não sabia! Como poderia saber?

– Mas devia saber que ela tinha medo de Becker e do próprio filho.

– Mesmo assim, nunca pensei... Quando ela foi encontrada no rio, tinha certeza de que tinha se matado, por causa do que aconteceu com o filho.

– O que aconteceu?

– Foi quando tudo começou, quando ele chegou. É verdade que eu não sabia sobre seu filho, em todos esses anos ela nunca me disse. Então, ele apareceu e ela ficou bastante agitada. Não tinha ninguém para contar, exceto eu. Foi aí que me mostrou as fotografias; não essas, que eu já tinha visto, mas as do marido e do garotinho. Quando ele apareceu, ela mudou por completo, queria fazer uma nova vida para ela e o garoto, não falava de mais nada. Disse que compensaria tudo.

— Ela contou a verdade sobre o pai?
— Não. Não se explicou, estava muito agitada e falava mais do futuro que do passado.
— Pretendia romper com Becker?
— Sim, escreveu para ele dizendo isso.
— E ele veio vê-la?
— Sim. Foi a primeira vez que ele veio, eu não estava mentindo. Mas, ao chegar, tudo tinha mudado.
— Porque ela tinha descoberto que o filho era um viciado?
— Não apenas isso. Tudo o que ele queria dela era dinheiro. Falou que o filho a odiava por tê-lo abandonado e, no final, ela tinha medo dele. Ele pediu um valor enorme e disse que iria embora se lhe entregasse o dinheiro.
— Ela acreditou nele?
— Não acho. De qualquer modo, estava apavorada.
— Ela admitiu que ele a chantageava?
— Chantagem? Não, apenas que ele exigiu dinheiro; não é a mesma coisa.
— Exigindo dinheiro sob ameaças? Não. Mas era o que ele estava fazendo. Você diz que ela estava apavorada, então suponho que, quando Becker chegou, ela contou isso a ele?
— Ela havia decidido entregar o dinheiro, esperando que ele fosse realmente embora.
— No entanto, ela tinha medo dele e deixou Becker ir no lugar dela e encontrá-lo?
— Sim, ele levou o dinheiro. Foi o fim daquilo, ela nunca mais ouviu falar do garoto de novo. Depois disso, Hilde se resignou a continuar sua antiga vida.
— Onde estava o colar naquela noite? Na cama?
— No chão.
— Você nunca roubou nada antes em sua vida, roubou?

– Não.

– Mas que diabos pretendia fazer com ele?

– Não pensei na hora. Só o vi caído ali... Depois, pensei em vendê-lo em um desses leilões que fazem em canais de TV a cabo, mas nem sabia como...

– Ele não tem valor nenhum, sabia?

Querci apenas o olhou, sem compreender.

– Não vale nada – repetiu o comandante –, é lixo.

Houve silêncio por um momento. O escrivão e o advogado de Querci faziam anotações rapidamente. Foi o próprio Querci quem rompeu o silêncio. Talvez quisesse acabar com aquilo rápido.

– Eu sabia que vocês não tinham encontrado as fotografias, ou teriam... Naquele dia, quando fui buscar meus sapatos e ouvi sobre a remoção dos lacres, subi ao quarto. Sabia que ela as escondia, mas não tinha certeza do lugar.

– Ninguém viu você subir?

– Ninguém percebeu. O recepcionista foi para os fundos, ao banheiro, acho, e me despedi dele. Porém, em vez de ir embora, subi. Só queria a minha fotografia, mas alguém entrou no quarto. Então, levei o pacote todo e fugi.

– Foi aí que pensou em se livrar do colar?

– Foi mais tarde. Pensei em jogá-lo no rio, mas pensei que alguém poderia me ver... Queria colocá-lo de volta no quarto, para desfazer o que fiz. E eu sabia que vocês não tinham olhado no esconderijo dela, ou teriam visto as fotografias. De qualquer jeito, eu estava muito assustado para tentar vendê-lo. Minha esposa sabe?

– Sim.

– Ela estará melhor sem mim – ele não mencionou a garotinha.

Quando o levaram, o jovem e embaraçado advogado ficou em pé e olhou em volta, indeciso, como se ponderasse se devia dar a mão a alguns dos presentes. Mas, como apenas o comandante notou sua hesitação, ele partiu com um vago "bom dia", endereçado a ninguém em particular e ouvido por nenhum deles.

O substituto dispensou o escrivão, indicou as cadeiras em frente à escrivaninha para o capitão e Guarnaccia, e sentou-se, olhando-os, as mãos fechadas sob o queixo. Maestrangelo não tinha pressa em se explicar. Primeiro, observou por alguns momentos as sobrancelhas erguidas e os lábios ligeiramente franzidos do substituto, decidindo que ele estava mais divertido que aborrecido. Era estupidez e lentidão que aborreciam o capitão, não inteligência. E ele estava ciente do quão inteligente o capitão tinha acabado de ser, Maestrangelo tinha certeza disso. Porque não apenas havia produzido a solução para o caso Querci, como planejado as coisas de maneira a enganar o próprio substituto. E havia feito de Guarnaccia o protagonista, para desarmá-lo, no caso de uma queixa por parte do pai de Sweeton.

Os dois homens se entreolharam. O comandante contemplava os joelhos.

– Houve algum problema com o juiz inglês? – perguntou o capitão como se nada de notável tivesse acontecido na última meia hora. O que divertiu o substituto ainda mais.

– Não – ele disse, olhando para o comandante –, não houve. O garoto explicou as circunstâncias de seu pequeno acidente para o pai, em minha presença. Já saiu do hospital e tanto ele quanto o pai estão preparados para permanecer aqui até convocarmos o garoto como testemunha. E agora, se não for pedir muito, talvez o senhor possa me contar algo sobre o caso em que ele *é* testemunha. Estou um pouco por fora nesse ponto.

— O caso Becker — respondeu o capitão. — O senhor terá meu relatório em alguns dias.

— Ah. Duplo homicídio, presumo. E temos o motivo?

— Supressão de testemunhas, senhor.

— Supressão de testemunhas? Testemunhas *de quê*? Maestrangelo, você teria ainda outro cadáver escondido, do qual não teve tempo para me informar?

— Não, senhor. Não tenho.

— Bom. Você me parece capaz de qualquer coisa, embora talvez seja ao comandante aqui que eu deveria estar perguntando.

O comandante apenas ergueu os grandes olhos e o fitou, em silenciosa incompreensão. O substituto abandonou o tom irreverente:

— Bem, capitão. Testemunhas de quê?

— Roubo, senhor. Ou melhor, uma série de roubos cometidos em treze cidades europeias num período de aproximadamente doze anos — ele tirou um telex do bolso. — Entrei em contato com a Interpol nesta manhã. Esse é apenas um resumo, a informação completa deve chegar mais tarde, ainda hoje.

O substituto olhou o telex e o pôs de lado.

— É melhor começar do começo.

O capitão começou em Mainz, com o frio e excepcionalmente inteligente manipulador, que gostava de ter uma plateia e que manteve duas amantes, sem reservas.

— Ele e as duas mulheres deixaram Mainz, separadamente e não exatamente na mesma época, mas todos no período de um ano. Hilde Vogel veio para Florença, onde esperava se juntar ao pai. Da outra mulher, cujo nome era Ursula Janz, não sabemos mais nada. De acordo com rumores entre as pessoas de Mainz, Becker foi para Nova York ou Amsterdã. Meu palpite é que foi para Amsterdã, porque ele já tinha sua nova vida planejada. Tinha negociado joias por anos e conhecia o que fazia. Precisava aprender a lapidar.

– Se isso é verdade, não será difícil verificar.

– Nos oito anos, mais ou menos, em que este caso esteve arquivado na Interpol, imagino que as polícias dos países envolvidos devam ter tentado verificar. Quem o ensinou deve ter sido pago muito bem pela perícia e pela discrição. E, a julgar pelos métodos recentes de Becker, duvido que o lapidador tenha vivido além do período em que foi útil. Assim que adquiriu a perícia necessária, o ritual de Becker era muito simples. Entrava em uma joalheria e escolhia uma pedra, para ser montada para a "esposa". Conhecia o negócio de joias e conversava algum tempo com o joalheiro. Era bem-vestido, de aparência distinta, inteligente e altamente respeitável. Tendo apurado o peso e o corte e examinado a pedra com cuidado, ia embora, prometendo retornar em um dia ou dois, com a esposa. Depois, fazia uma cópia da pedra. De volta à joalheria, a original passaria das mãos do joalheiro para as de Becker, e então para a esposa. A pedra que entregavam de volta era falsa. Em seguida, Becker e a esposa deixavam a loja para providenciar o pagamento em um banco; algo perfeitamente normal, pois ninguém carrega esse volume em dinheiro por aí e um cheque de um desconhecido não seria aceito. Em alguns casos, o roubo não era descoberto por várias semanas e, em um caso, foram seis meses. Tudo dependia de quando aquela pedra específica seria vendida ou montada.

– Hum... – o substituto reclinou-se um pouco em sua cadeira. – O que o faz pensar que Becker é o homem?

— Uma série de coisas. Antes de tudo, suas cúmplices. Como o senhor vê pelo telex, havia pelos menos duas delas. Em algumas ocasiões, uma loura alta. Em outras, uma mulher pequena e de cabelos escuros. Em cada caso, a cúmplice era fluente no idioma do país em que acontecia o roubo. Não conhecemos todas as viagens de Hilde Vogel pelos últimos doze anos, mas, das que sabemos, todas coincidem com os roubos nesses países. Possivelmente ela era fluente em francês, assim como em italiano. Sabemos, pelo depoimento de Querci, que a outra mulher na vida de Becker falava perfeitamente o inglês. Isso ficou em minha cabeça, devo dizer, já que me parecia uma coisa estranha da qual ter ciúmes.

— Ele deve tê-las pagado bem.

— Em minha opinião, senhor, ele tinha um controle muito maior sobre elas do que apenas o dinheiro. Ambas deviam ser apaixonadas por ele e, talvez, até tivessem medo dele. Não apenas não tinham uma vida própria, por trabalhar para ele, como também tinham que tolerar a existência da outra durante todos esses anos em Mainz. O dinheiro também exerce seu papel, óbvio. Hilde Vogel não tinha o suficiente para viver quando saiu de casa e o pai dela não tinha nada. E, de qualquer modo, não a queria.

— Ainda assim, uma estranha vida para escolher.

— Ela não tinha nada mais. E aí o filho apareceu.

— E Becker o matou, em sua opinião?

— Sim. Ela deve ter contado tudo para o garoto. Nós soubemos, por John Sweeton, que Christian estava certo de conseguir dela, por causa de algo que sabia, um grande valor em dinheiro. Quando Becker apareceu, tendo recebido a carta sobre o rompimento com ele, ela estava assustada demais e, presumo, perturbada o suficiente para contar o que tinha feito e deixá-lo assumir o controle. No dia seguinte à morte de Christian, ou, para ser exato, na *manhã* seguinte, Becker entrou em uma joalheria no Ponte Vecchio, voltou lá dois dias depois com sua cúmplice e cometeu outro roubo.

– Um tipo excepcionalmente frio, se tudo isso for verdade.

– Independentemente de quem cometeu esses roubos, teria de ser excepcional de muitas maneiras. Foi a descrição do caráter de Becker que me levou a suspeitar dele.

– Bem, a história é convincente o bastante, mas por que matar Hilde Vogel? E por que um mês depois?

– Não sei por que ele a matou. E talvez nunca saibamos. Quanto a ter ocorrido um mês depois, deve ter sido apenas para dar um tempo entre isso e o roubo. Se foi isso, trata-se de mero acaso as duas histórias aparecerem juntas. Não que alguém tenha percebido na época.

– Esse joalheiro pode identificar a mulher?

– Eu o vi de manhã no caminho para cá. Mostrei a ele a foto.

– E...?

– Nada, não tem certeza. Lembra-se de que era alta, loura e conversava muito. Sem dúvida, isso serviu para distraí-lo enquanto Becker devolvia a ele a joia falsa. Mas era verão e ela estava usando óculos escuros. Ele não consegue mesmo se lembrar do rosto dela.

– Posso entender.

O substituto pegou o telex de novo e olhou para ele em silêncio. O comandante tinha esperado com paciência durante toda essa conversa, sobre a qual não se sentia competente nem para pensar. Agora, olhava furtivamente para o relógio.

– Somando tudo – disse o substituto, por fim –, não temos nem migalhas de provas contra esse homem, temos?

— Não, senhor — respondeu-lhe o capitão —, e talvez nunca tenhamos. Ele ainda tem outra cúmplice e não há nada para impedi-lo de continuar por muitos anos.

— Bem, envie-me seu relatório. Tudo que podemos fazer é manter o caso aberto e aguardar por desdobramentos. A sogra ainda está aqui?

— Até amanhã. Isto é, se o senhor estiver disposto a liberar o corpo do garoto.

— Não vejo por que não. E quanto ao corpo da mulher? Certamente, se ela é nora dela...

— Não acho que ela queira levá-lo para a Alemanha. Mas pode mudar de ideia, é claro.

— Você pode organizar tudo para que eu me encontre com ela amanhã? Acho que também posso dizer a Sweeton para levar o filho para casa. Não acho que ele será necessário como testemunha por algum tempo, isso se acontecer de pegarmos Becker.

O capitão não disse nada. Ele e o comandante se levantaram e saíram. No lado de fora, na escada da promotoria, os dois pararam por um momento sob a grande fachada barroca, olhando o trânsito fluir sob a chuva.

— Eu daria tudo para saber por que ele matou Hilde Vogel — disse o capitão, colocando o chapéu —, mesmo se nunca o encontrarmos.

Mas o comandante pensava em Querci.

— Tenho de ir, vou apanhar minha esposa na estação.

E correram na chuva até seus carros.

O comandante estava deitado na cama, com os olhos bem abertos. Podia ouvir a esposa ainda se movimentando na sala ao lado. A mente dele vagava pelos acontecimentos do dia e, às vezes, um pouco antes disso. Conseguia ouvir a chuva caindo pesadamente nas árvores e no cascalho de fora e ele a imaginou enchendo a vala que descia do forte até o escuro rio; este, agora estava mais cheio. O pensamento o fez tremer. O que sua esposa estava procurando para demorar todo esse tempo? Ela esteve ocupada desde sua chegada, desembalando caixas cheias de conserva de tomate, geleia, laranjas e limões frescos. Teria sido melhor levar a perua para encontrá-la, não seu pequeno Fiat. Havia lotado a cozinha em minutos e começou a cozinhar na mesma hora. Três ou quatro vezes, ele tinha achado uma desculpa para sair do escritório e olhar o que ela fazia.

– Você está ficando em meu caminho, o que quer desta vez?
– Um copo de água – a primeira coisa que veio à cabeça, exatamente como um menininho!

Depois do jantar, fingiu ler o jornal, olhando furtivamente para ela de vez em quando, enquanto ela tricotava um suéter vermelho para um dos garotos, parando vez ou outra para abrir a peça sobre um dos joelhos e esticá-la com os dedos, à procura de erros inexistentes.

Uma vez, ela o apanhou olhando e sorriu.
– Será diferente quando os meninos chegarem.
E ele ficou embaraçado.
Finalmente, ele a ouviu apagar a luz da sala de estar.
– Você já está na cama!
Ela começou a se despir, primeiro retirando o pequeno colar de pérolas artificiais.
– Você sempre faz isso? – ele perguntou de repente.
– Faço o quê?
– Tirar as pérolas antes de se despir?
– É claro. Por quê?

– Nada. Só estava pensando...

– Que coisa estranha de perguntar. Você acha que devo ir à escola de manhã, bem cedo?

– Se for, deve ir primeiro ao correio e pagar as taxas da matrícula e do seguro. Os formulários estão na minha escrivaninha.

– Você terá que me explicar onde é a agência do correio, primeiro. O que eles disseram na escola, exatamente?

– Que todas as turmas que estudam inglês estão cheias, são as mais populares. Há vagas apenas nas salas de francês.

– Bem, está fora de questão mudar o idioma deles agora. Verei se posso convencê-los amanhã... Você deveria ter sido mais insistente...

E, depois de um tempo falando de outras coisas, o comandante esqueceu de escutar a chuva que continuou caindo na água escura, por toda a noite.

12

Houve outro roubo, nove meses depois. Desta vez em Birmingham, na Inglaterra. Tanto Becker quanto sua cúmplice restante já tinham desaparecido sem deixar rastros, quando se descobriu que a pedra era falsa, duas semanas depois. Por ser verão e nada digno de ser publicado acontecia em Florença, Galli escreveu uma longa e praticamente hipotética história no *Nazione*, com a manchete LADRÃO ASSASSINO ATACA DE NOVO. Havia uma foto de Hilde Vogel, a mesma fornecida pelo capitão com a esperança de identificá-la, e outra de Mario Querci, com o subtítulo O *único homem que conhece o rosto do mundialmente famoso ladrão de joias*.

Para Querci, aquilo representou o fim.

Galli havia conseguido localizá-lo, após algumas dificuldades. Ele tinha acabado de sair da prisão e estava morando em um albergue. Recebeu uma sentença de apenas seis meses e, como já havia cumprido nove meses até que seu caso fosse julgado, foi solto de imediato. Quando Galli o encontrou, estava sem um tostão, pois, embora, em teoria, tivesse herdado todo o dinheiro de Hilde Vogel, a maior parte dele permanecia na Suíça, bloqueado por causa da investigação do caso Vogel-Becker. De qualquer modo, como cidadão italiano, não poderia trazê-lo para o país. A *villa*, que ele também herdou, estava à venda. Mas, sendo tão grande e tão desgastada, não se encontrou nenhum comprador. A princípio, a pequena soma de dinheiro na conta de Hilde Vogel, em Florença, foi confiscada e depois liberada, para cobrir os impostos da *villa* e os honorários do *avvocato* Heer. E Galli deu a Querci apenas um pequeno pagamento por sua entrevista.

No dia seguinte à publicação da história, Querci apareceu no Borgo Ognissanti procurando pelo capitão, com uma história truncada sobre um pedido de proteção. O capitão estava fora, trabalhando em um caso, e o guarda de serviço não reconheceu Querci. De qualquer modo, tinha se embriagado com o dinheiro que o jornalista havia lhe dado, e o guarda o mandou embora. Na semana seguinte, apareceu na redação do jornal e tentou ver o editor, que estava em reunião. Perguntou por Galli, mas este tinha saído em férias. No fim, um repórter muito jovem, sem muita coisa para fazer naquele dia, compadeceu-se e ouviu sua história por quase uma hora. Prometeu conversar com o editor sobre a publicação de uma história dizendo que Querci deveria receber proteção policial. Mas disse isso apenas para o pobre homem se sentir melhor.

De algum modo, o capitão tomou conhecimento da visita de Querci e ligou para Guarnaccia.

— Veja se você consegue encontrá-lo. No jornal disseram que estava ficando em um albergue na Via Sant'Agostino, quando Galli falou com ele, mas não está mais lá. Você poderia tentar nos outros.

— O senhor acha que ele está assustado de verdade?

— É provável, se tiver acreditado naquela história fantasiosa de Galli. Mesmo se não estiver, é óbvio que precisa de ajuda. Algum tipo de trabalho, para começar.

– Acho que posso fazer alguma coisa quanto a isso. Tenho tentado achá-lo, de qualquer maneira; a mulher dele me procurou. A família não sabe, é claro, mas ela quer vê-lo. Se pudermos ajudá-lo com algum tipo de trabalho, eles podem conseguir se reerguer.

– Bem, fique de olho. Se aparecer aqui, eu o mandarei procurar por você.

Duas semanas se passaram e nada se ouviu sobre Querci. Quando Galli voltou das férias, o capitão telefonou e lhe aplicou uma tremenda bronca. Galli ficou verdadeiramente com remorsos.

– Achei que o pobre mendigo precisava só de dinheiro. Eu precisava de uma boa história ou nunca conseguiria incluir aquilo em minhas despesas do jornal. Verei se consigo achá-lo.

– Faça isso.

– Eu o encontrarei, não se preocupe. Passou por maus bocados, o pobre coitado. Eu estava apenas tentando ajudá-lo.

Galli levou três dias para descobrir que ele se hospedava ilegalmente em uma casa arruinada. Ela pertencia a uma mulher e tinha outros três hóspedes irregulares, dois dos quais eram vigaristas de segundo time. Quando Galli falou com ela, não disse quem era, para não afugentar Querci. Ele ligou para o capitão, e este enviou Guarnaccia até a casa. Querci não estava e o comandante deixou um recado. A senhora, em vez de entregar o recado a Querci, o expulsou assim que chegou, pois não podia permitir *carabinieri* rondando o lugar.

Às cinco horas da tarde seguinte, havia dúzias de testemunhas por perto, que viram um homem de aparência maltrapilha, posteriormente descrito como "parecendo confuso", caminhar direto até o parapeito da ponte San Niccolò e se atirar, sem hesitação.

Duas pessoas saltaram para ajudá-lo e conseguiram arrastá-lo até a margem, mas era verão e o Arno estava muito raso. A cabeça de Querci tinha atingido os alicerces da ponte e ele morreu segundos após o impacto.

A única pessoa a quem ele nunca havia cogitado pedir ajuda foi o comandante, que tinha sido o responsável por colocá-lo na prisão.

Pode ter sido porque suas relações esfriaram após a morte de Querci que Galli telefonou para Maestrangelo no momento em que recebeu as novidades. Não apenas porque era um contato valioso, mas porque ele apreciava e respeitava o homem. E antecipar-se às costumeiras coletivas de imprensa, por meio de um rádio de ondas curtas e não de um bom contato, era tão insatisfatório quanto ilegal.

– Achei que gostaria de saber – ele anunciou, em uma bela manhã de primavera no ano seguinte –, que temos toda a história sobre Walter Becker. Lembra-se dele? Roubos, assassinato, tudo.

– Você quer dizer que o apanharam?

O capitão estava quase desapontado. Não pela ideia de alguma outra força policial capturar o seu homem, mas porque ele tinha começado a imaginar Becker como uma espécie de supercriminoso.

– Não, não o apanharam – disse Galli –, ou você teria sabido antes de mim. Ele está morto, morreu de um derrame em sua casa de Nova York, alguns dias atrás. Mas parece que ele não poderia nos deixar sem se certificar de que seu grande gênio seria plenamente apreciado pelo mundo. Confiou os detalhes completos de sua bem-sucedida vida criminosa a um advogado, para serem enviados a um importante jornal alemão quando de sua morte. Um contato que tenho nesse jornal escreveu a história e enviou os documentos para mim, estou escrevendo agora. Assim que eu acabar esta noite, posso enviar-lhe o material. Isto é, se estiver interessado.

– Estou, obrigado. Mas há alguma explicação sobre a morte de Hilde Vogel?

Galli riu.

– Isso é fácil. Ele matou a outra cúmplice também, um mês depois daquele último roubo na Inglaterra. A morte de Hilde Vogel nada teve a ver com aquela história do filho. A razão era bastante simples: Becker tinha 55 anos.

– Cinquenta e cinco... E?

– Exatamente. Ele se aposentou!

Assim que o pacote de papéis chegou, quase às 8 horas da noite, Maestrangelo limpou a escrivaninha e pediu para não ser perturbado, a menos que fosse algo urgente.

Havia maços de papel. Pilhas de páginas escritas com perfeição em uma grafia minúscula e fanaticamente limpa, itálicos em vermelho, listas numeradas. Era frustrante não conseguir ler os originais, que eram em alemão, mas Galli tinha anexado uma apressada tradução datilografada que havia preparado para o artigo. As listas diziam respeito às pedras que Becker tinha roubado. Estavam divididas em colunas mostrando quilate, lapidação, clareza, cor, data do roubo, o custo da réplica falsa, relapidação e venda da original, com cálculos sobre a perda de valor envolvida em cortar e lapidar uma pedra grande em pedaços menores. Evidentemente, a perda era considerável, com frequência pouco mais de cinquenta por cento do peso original e, na maioria dos casos, Becker teve sucesso em vender as originais intocadas, porque o roubo ainda não tinha sido descoberto. As vendas eram registradas como tendo sido feitas em Antuérpia.

Em uma folha separada, enorme e dobrada em quatro, estava um plano mestre desenhado sobre um mapa da Europa. Cidades onde os roubos aconteceriam estavam circundadas com tinta verde e numeradas. As iniciais das cúmplices estavam escritas ao lado do número, em preto. Ao lado das cidades de Florença, na Itália, e Birmingham, na Inglaterra, as iniciais estavam circundadas em azul. Era evidente que esse plano tinha sido desenhado por Becker bem no início de sua carreira, quase em minúcias, durante todos esses anos. Um terceiro conjunto de iniciais estava circundado em azul, ao lado da cidade de Amsterdã. Esse devia ser o lapidador que ensinou sua arte a Becker. O resto das folhas formava um tipo de diário, mas um diário que não havia sido escrito para o próprio autor, mas para o público, para a plateia que Becker sempre tinha de ter. Sua única fraqueza real – e uma que ele sabia bem como controlar.

Em Amsterdã, escreveu:

> *Aprendi em menos de dois anos o que normalmente levaria cinco. O próprio velho me disse isso hoje. Ele não tem filhos e acredito que esteja acalentando a esperança sentimental de que eu possa ficar e assumir os negócios. Essa espécie de anseio sentimental faz com que agora ele esconda de si mesmo o que sabe sobre minha razão real para estar aqui, assim como a ganância fez com que escondesse isso de si mesmo desde o início. Vai continuar se enganando até o momento de seu "suicídio", porque isso é o seu desejo. Como sempre, meu papel é inteiramente passivo...*

De Hilde Vogel, escreveu:

Encorajar as tentativas de H. de procurar seu pai foi tão necessário quanto encorajá-la a se casar com C. Sua dependência e submissão a mim a assustaram no início e qualquer tentativa de combatê-las poderia resultar em sua fuga. Agora ela está resignada com a situação. Apenas o timing foi difícil. U. está em Londres e estamos prontos para começar o trabalho. Sem H. teria sido mais difícil, não apenas por causa do idioma, mas porque nenhuma delas vai se retirar da cena enquanto a outra estiver agindo. Se qualquer imprevisto ocorrer e alguma delas tentar recuar, a outra pode, em teoria, começar a me chantagear. Fui cuidadoso ao implantar essa ideia, enquanto oferecia confortadoras garantias de que isso não poderia ocorrer.

E quando o imprevisto ocorreu:

H. criou uma confusão perigosa. Ela agora acredita que o garoto pegou o dinheiro e foi embora, é nisso que deseja acreditar. Amanhã prosseguiremos com o plano, pois a morte do garoto é irrelevante, como a de H. também não seria, caso fosse reconhecida. Um mês deve criar espaço suficiente. Vamos esperar que nenhuma confusão similar esteja à espera na Inglaterra, com meu último trabalho.

Presumivelmente, não. Talvez, quando essas notícias se espalhassem pela Interpol, algum policial inglês colocasse o nome de Ursula Janz em uma pasta referente a um corpo não identificado, fechando o assunto e o enviando para os arquivos.

O capitão podia agora fechar o caso Vogel-Becker. Ele olhou para a janela, sem ver o sol do crepúsculo inundando as pedras do edifício do outro lado da rua com uma luz rosada. *A estrangeira no casaco de pele.*

Era assim que o caso ainda era lembrado. Parecia provável continuar a ser lembrado assim, mesmo depois do grande barulho que a história de Becker causaria no jornal do dia seguinte. O que aquilo significava? Seria uma derrota de Becker o fato de a história de Hilde Vogel continuar pertencendo a ela própria, não sendo apenas uma subtrama da história dele? Ou apenas enfatizava como ele tinha sido inteligente em separar as duas? Uma coisa era certa: Becker sabia como manipular a imprensa. Havia uma nota de Galli no envelope em que mandou o material, dizendo haver fotografias também. De Becker, de suas cúmplices e da mais espetacular das pedras, a real e a falsa. A nota também dizia que as fotos estavam no jornal, sendo preparadas para a publicação do dia seguinte. Um completo material para a imprensa. Se o homem tivesse tentado o jornalismo, teria sido brilhante também. Como em qualquer outra coisa.

Noventa e nove vírgula nove por cento das pessoas são tolas.

Querci não sabia como manipular a imprensa. Um pobre sobrevivente, uma vítima nata. Aos olhos de Becker, um tolo.

As últimas palavras que Becker tinha escrito estavam em uma folha separada.

> *Esse é meu primeiro dia de aposentadoria. Se tenho qualquer arrependimento, é apenas porque foi tudo tão fácil. A única dificuldade real foi ser aceito aqui em Nova York, onde vendi muitas das pedras. Levou um longo tempo até conseguir me infiltrar no Clube dos Negociantes de*

Diamantes, mesmo com a carta de apresentação que fiz o velho escrever para mim. A maioria dos negociantes é de judeus ortodoxos e tudo é feito na confiança, entre eles. Pedras valendo milhares de dólares trocam de mãos na rua 47 com não mais do que um aperto de mão. Demorou bastante até comprarem de mim e, mesmo assim, com cautela. Porém, a procura sempre sucede à oferta nesse negócio e, finalmente, eles aceitaram minha presença e compraram mais, mas nunca me tornei um deles. Apenas entre eles mesmos é que negócios são concluídos; ficam em pé e dizem, com um aperto de mãos: mazel und broche*. *São as únicas pessoas que encontrei que representaram um desafio digno.*

Nunca pensei seriamente na possibilidade de ser apanhado, nunca usei nome ou documentos falsos, nunca deixei a "cena do crime" com pressa. Não havia necessidade disso. A polícia é treinada para procurar fraqueza, paixão, cobiça e estupidez, não inteligência e objetividade. Isso, é claro, é como a vida deve ser.

Como deve ser.

– Um louco – disse Maestrangelo em voz alta e então deu de ombros, como para ficar livre da influência de Becker. Pensou em ligar para Guarnaccia para que soubesse, mas, pensando melhor, percebeu não ter desejo de conversar sobre esse assunto e que, provavelmente, o comandante também não o teria.

Em todo caso, veria tudo no jornal de amanhã.

O comandante não viu nada no jornal. Ou, pelo menos, disse que não, quando Lorenzini cuidadosamente se referiu

---

* *Mazel und broche*: expressão iídiche usada ao se concluir um negócio. Significa "boa sorte e bênçãos" (N.T.).

àquilo. Cuidadosamente, pois ele se lembrava de como o comandante tinha parecido um urso com enxaqueca, quando tinham achado aquele corpo na vala perto do forte – e quase tão mal com relação ao suicídio no último verão.

Ainda assim, já fazia tempo o bastante para Lorenzini arriscar uma observação:

– O senhor viu o artigo de Galli?

– Que artigo?

– Pensei que tinha visto o senhor lendo. Aquele sobre...

– Não é provável que eu tenha tempo de ler o jornal até o próximo mês de outubro. O que aconteceu com aquela criança perdida que foi trazida até nós?

– Estamos ainda tentando localizar os pais. Ela é obviamente estrangeira, mas é tão pequena que não conseguimos descobrir qual idioma ela fala, então...

– Onde está o relatório sobre aquele carro?

– Está na sua mão, comandante, acabei de entregá-lo ao senhor...

– Certo. Estarei em meu escritório. Cuide das pessoas na sala de espera, a mulher teve a bolsa roubada, passaporte, cheques de viagem, tudo. E lhe dê um copo de água, ela está nervosa.

E Lorenzini observou, enquanto ele se afastava pesadamente, papéis na mão, em direção ao escritório, resmungando baixinho, como fazia da Páscoa até setembro, todos os anos:

– Não sei para que eles vêm aqui, fariam melhor se ficassem em casa...

**INFORMAÇÕES SOBRE NOSSAS PUBLICAÇÕES
E ÚLTIMOS LANÇAMENTOS**

Cadastre-se no site:

www.novoseculo.com.br

e receba mensalmente nosso boletim eletrônico.

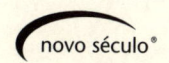

novo século®

GRÁFICA PAYM
Tel. (011) 4392-3344
paym@terra.com.br